A CORTESIA DA CASA

A CORTESIA DA CASA

MARTA BARCELLOS

1ª edição

EDITORA RECORD
RIO DE JANEIRO • SÃO PAULO
2024

CIP-BRASIL. CATALOGAÇÃO NA PUBLICAÇÃO
SINDICATO NACIONAL DOS EDITORES DE LIVROS, RJ

B218c   Barcellos, Marta
              A cortesia da casa / Marta Barcellos. – 1. ed. – Rio de Janeiro :
          Record, 2024.

              ISBN 978-85-01-92017-1

              1. Romance brasileiro. I. Título.

24-87939   CDD: 869.1
                               CDU: 82-31(81)

Meri Gleice Rodrigues de Souza - Bibliotecária - CRB-7/6439

Copyright © Marta Barcellos, 2024

Todos os direitos reservados. Proibida a reprodução, armazenamento ou transmissão de partes deste livro, através de quaisquer meios, sem prévia autorização por escrito.

Texto revisado segundo o Acordo Ortográfico da Língua Portuguesa de 1990.

Direitos exclusivos desta edição reservados pela
EDITORA RECORD LTDA.
Rua Argentina, 171 – Rio de Janeiro, RJ – 20921-380 – Tel.: (21) 2585-2000.

Impresso no Brasil

ISBN 978-85-01-92017-1

Seja um leitor preferencial Record.
Cadastre-se no site www.record.com.br
e receba informações sobre nossos
lançamentos e nossas promoções.

Atendimento e venda direta ao leitor:
sac@record.com.br

A Lu, a João.

"Eu estava tentando encontrar a borda (...), mas não há borda. Você só vai sendo exaurido pela curvatura lenta."

Rachel Cusk, *Segunda casa*

Primeira temporada, janeiro de 2014

Uma mulher no asfalto. O ônibus desaparece rápido na curva, deixando um rastro de silêncio, como se Denise, a mulher, tivesse brotado ali. Do nada. A mala rígida, à direita, também plantada, enorme. Tudo vai começar, ou acabar, o que dá no mesmo.

Da margem oposta da estrada, ela avista o Bar Lanchonete Brasília, "BAR LANCHONETE" em letras metade verde (a parte de baixo), e metade amarela (a parte de cima), contornadas em preto. "BRASÍLIA" em azul royal. Tudo em maiúsculas.

Uma gama de preocupações possíveis, como o táxi não chegar no horário marcado, e, no entanto, Denise detém-se, paralisada por uma difusa sensação de vergonha. Vergonha da sombra projetada no vazio, da roupa amarrotada, das fitinhas coloridas presas à mala, uma mala de esteira de aeroporto, não de ônibus, e que diabos uma pessoa como ela faz estacada ali com aquela mala gigantesca nesta cena jamais escrita?

A história, porém, vai surgindo, uma palavra se ligando à outra, então ela começa a se espichar. Ganhar corpo (Bruno tinha encorpado com a musculação, era Vicente falando). A mala encolhe como se tivesse tomado a poção da Alice, alterando toda a proporção da cena anterior – que se reescreve, afinal, de forma aceitável. Que mico ter resolvido ir de ônibus, ela fala para Lena, ou para Vicente, e gesticula para demonstrar confiança (certa vez flagrou-se gesticulando de verdade em plena Visconde de Pirajá, mas não é isso que acontece agora no asfalto). Imagine ser largada assim numa estrada deserta, um calor que ninguém cogita na serra, ela ainda com a echarpe pendurada no pescoço por causa do frio no ônibus, e estaria rindo da situação (seria conveniente alguma autoironia). Ideia péssima não ter encarado o trajeto de carro, ideia péssima parar de dirigir, ideia péssima ter ficado cada vez mais insegura dirigindo. Ideia péssima ser dominada por pensamentos mórbidos, mas nada disso ela vai falar, não desse jeito.

Ônibus nunca mais – no caso de um dia voltar. Ela comunica a decisão com ênfase, e definitivamente é para Vicente, não para Lena (que nem sabe de sua ida ao spa). Graças à ênfase (quase uma afetação), agora ela é uma mulher altiva e de óculos muito escuros, as armações quadradas (cantos arredondados), uma mulher que esparrama uma sombra esguia no acostamento estreito e que pode ser atropelada – esta, sim, uma preocupação bastante normal porque, de fato, pessoas são atropeladas entre duas curvas de uma estrada. A mulher está mal-humorada por causa da situação imprevista, quase indignada, como cabe nos dias de hoje, e por isso pode ter apreensões bastante corriqueiras, como atropelamento e assalto.

Fiquei com medo de ser assaltada, ela poderá dizer. Bastante convincente. Quase consegue acreditar no pensamento.

Agora Denise atravessa o asfalto reluzente, nenhum carro à vista desde que desceu do ônibus. O Bar Lanchonete Brasília, *É aqui mesmo, motorista?*, fica a cem metros da sombra que ela produziu por séculos no acostamento. Uma mulher confiante pode, sem dúvida, tomar a decisão de atravessar a estrada e andar até lá, e é o que Denise começa a fazer, dando o primeiro passo, e depois o segundo, o movimento embalado pelas rodinhas 360° (Samsonite) e pelos saltos anatômicos (linha comfort). A echarpe finalmente guardada na bolsa.

Uma hora antes, ainda no ônibus, a atenção estava toda voltada para a náusea.

O monitoramento começou antes da consciência completa: estou enjoada. Quando passou à constatação irrefutável, estou *mesmo* enjoada, a náusea já havia desalojado todos os outros pensamentos, inclusive o da pelezinha levantada no canto da unha do dedo médio da mão esquerda. Só existia o enjoo, que dissolveu tudo o mais. Só existiam a salivação grossa e as tentativas de mudar de posição: olhar a paisagem através do vidro ou, ao contrário, deslocar-se para o lado, de forma a deixar o sopro do ar-condicionado secar as gotículas no rosto. O cheiro de óleo diesel queimado, esse cheiro só podia ser fruto da imaginação. Remetia a algum tipo de traineira, uma ida a Itacuruçá na infância, e não poderia existir vestígio disso dentro de um ônibus refrigerado da Viação Única-Fácil. Muito menos fazia sentido o óleo diesel estar misturado ao gosto do pão de queijo da rodoviária.

Expirar um, expirar dois, expirar três. Esvaziar os pulmões. Sentir algum alívio ao descobrir o saquinho no bolsão da poltrona à frente. Mesmo assim: que vexame seria vomitar no ônibus, como uma criança. *Tem que* conseguir segurar, controlar a situação. Sempre consegue.

Num platô da serra, com salivação controlada, constata que não enjoava desde criança. De uns tempos para cá, aquela regressão. O domínio sobre o pensamento voltava com as curvas menos fechadas, retas que se estiravam por segundos inteiros. Mas a pelezinha reapareceu, insolente.

Nem dor é pior que enjoo, concluiu, ao mesmo tempo em que identificava o primeiro esquecimento da viagem. A primeira falha (quantas ainda?): se deu para enjoar depois de adulta-quase-velha, por que cargas-d'água o Dramin não está na bolsa? Não, está na nécessaire, a nécessaire dentro da mala, a mala dentro do bagageiro do ônibus. Um grande erro. Ou um erro mediano, pois decide neste instante que os enjoos não são tão constantes assim; se tornaram específicos das viagens de ônibus. Também em bancos traseiros de vans e carros. Jamais enquanto dirige, ou mesmo quando está no banco do carona (o banco do acidente nunca lhe provoca náuseas, apenas pânico).

Não vomitou no ônibus. Isso poderá ser contabilizado ou eliminado, junto com o enjoo. A pensar. No entanto, a sensação do peso do corpo a afundar o asfalto quente, como se fosse areia pastosa, e o ritmo firme daqueles primeiros passos, isso ela considerará positivo, uma pequena superação particular.

A desvantagem de vivenciar um mal-estar físico é ver o tempo transcorrer lento e arrastar com ele a falta de sentido das coisas. A vantagem é que, depois de superá-lo, qualquer nova tormenta parece possível de enfrentar. Como se livrou do enjoo, será fácil deixar de ser uma sombra, ganhar corpo (encorpar-Bruno), atravessar a estrada. Ela conseguirá, conseguiu, já está na outra margem.

A testa molhada e o desconforto no ônibus agora parecem inventados. Ela poderá dizer ou não dizer a Vicente que enjoou. Só não falará sobre o derradeiro pão de queijo na rodoviária (a despedida, antes do sacrifício rumo ao novo) em hipótese alguma, para ninguém. Nem mesmo anotará.

A brisa sob a marquise da lanchonete consegue atravessar os óculos escuros e suavizar a expressão do rosto. Denise toma consciência do relaxamento. Graças à brisa, o atraso do táxi desaparece da contagem do tempo. Não se importa com o atraso, vejam só. Tudo começa a dar certo. Um novo desconforto minimiza o anterior, é a lição do dia, pois o enjoo tinha feito sumir a pelezinha no dedo agora manchado de batom.

Não lhe é indiferente a promessa de o tempo passar devagar aqui em cima na serra. O arrastar das horas, como tudo o mais, pode ser angústia ou oportunidade, está nos manuais de empreendedorismo e também nas biografias mais inspiradoras. Oportunidade é uma palavra para mentalizar e repetir: a crise no setor se constitui em oportunidade de agregar valor à prestação de serviços turísticos. Serão poucos dias para grandes transformações (tentar não exagerar nas expectativas). Melhor que o tempo seja consumido de forma produtiva, minuto a minuto. Multiplicado, visto que jamais fica fora de casa mais do que uma semana.

Livre do enjoo e do asfalto movediço, no ar fresco do táxi, torna-se inevitável voltar à carga em relação à pelezinha, que continua resistindo ao encontro dos dentes. Não ajuda o sacolejo, causado menos pelos buracos da estrada do que pela idade do veículo. A lataria toda se rebela, Denise é uma boneca molenga de pano. As unhas fortes e compridas (parecem postiças quando bem pintadas, com exceção dos dedos médios) estão agora cravadas no encosto do banco da frente.

O solavanco final surge como o ponto que termina a frase. Chegou. Denise firma as pernas e consegue se desgrudar do banco afundado. Desdobra-se, vértebra por vértebra. Do lado de fora, liberta da carcaça de lata, o frescor da grama cortada invade seus poros. Agora sim, no spa, usufruindo de uma pausa na rotina com descontos de até 20%. A reserva é para a suíte tripla com ar refrigerado, armários embutidos e secador de cabelos. Compartilhada.

Encostada à bancada da recepção, espanta-se com a mala sobre o chão de pedras: não viu quem a colocou ali. Uma bagagem totalmente apropriada, agora. Dentro dela, alicate de unhas, Dramin e todos os demais medicamentos.

Segunda temporada, maio de 2015

Meia hora sem luz e nada de gerador. As vozes se sobrepõem, Denise tem dificuldade em concatenar os comentários para entender a história da véspera.

Um absurdo o acontecimento, incompatível com o nível da hospedagem, sem falar na segurança (fica sem entender que tipo de risco eles correram). E não chegou sequer a ser temporal, só uma chuvinha, continuam.

O burburinho percorre a mesa comprida cercada por cadeiras de espaldar alto, os vinte lugares unidos por uma única peça de madeira maciça, a solenidade comprometida pelas lacunas dos faltosos ou atrasados. A conversa é mais animada em uma das pontas, onde se senta Sidney, à cabeceira. Já foi atleta, de competir, mas engordou vinte quilos depois de se submeter a três cirurgias ortopédicas consecutivas. Como ninguém pergunta sobre as cirurgias, apesar da pausa empregada como efeito de suspense, Denise desconfia que esteja sendo repetitivo para os antigos integrantes do grupo.

Não lhe escapa o fato de Sidney ter *engordado*, e não *ganhado* peso. Em lugares como o Montana, superstições são respeitadas até pelos mais céticos; não é incomum evitar os verbos perder e ganhar para referir-se a peso. Quem perde um quilo hoje pode "encontrá-lo" amanhã. Jamais "perde-se" em um spa: emagrece-se. Aliás, se alguém engordar um quilo em plena temporada, surgirá um estranhamento no ar. O imprevisto precisará de explicação, a desconfiança se comunicará nos entreolhares. Ali, ao contrário de outros spas mais "médicos", as bagagens não são revistadas, e não há sequer registro de entradas e saídas dos hóspedes pelos vigias da guarita.

Se nenhum tablete de chocolate crocante "esquecido" na mala do spaziano for admitido, ou mesmo um salgado na padaria da cidade, o contratempo deverá ser enfrentado com tranquilidade e chá de folhas de sene. Ou dois dias de dieta da clara. Retenção de líquidos será o diagnóstico no caso das mulheres. Denise ainda não sabe ao certo o que é a tal dieta da clara, novidade no Montana, embora conheça os poderes do chá contra a constipação intestinal, um inconveniente comum e irônico do processo de emagrecimento provocado pela pouca – pouquíssima – ingestão de calorias.

Sidney engordou vinte quilos e informa isso como uma pequena apresentação. Mas não quer gastar tempo com a recém-chegada e arriscar perder a liderança na conversa. O assunto coletivo ainda é o apagão da véspera. Denise pensa "apagão", mas, de fato, ninguém chega a usar essa palavra. Nem mesmo blecaute, ela considerará depois, se escrever sobre isso.

Meia hora ou uma hora sem luz? Bernadete tem certeza de que foi uma hora. Lá pelas tantas, temeu pela bateria do celular, pois o usava como lanterna para passar todos os creminhos, um para cada parte do corpo e do rosto. Na face, ela usa um produto específico para o contorno dos olhos, outro para os lábios e um terceiro para o restante. Talvez um cosmético com textura intermediária, nem denso nem fluido demais, só para o pescoço, mas apenas talvez, pois, na verdade, ela só cita "os creminhos da noite" e Denise deduz o resto. Pode visualizar os frascos entre os veios de mármore da bancada. Passavam das nove da noite e todos já estavam recolhidos em suas suítes premium, máster e presidencial. Não existe a categoria "standard" no Montana. Ainda mais solitários na escuridão ficaram os hóspedes dos chalés (com banheira de hidromassagem) que rodeiam o casarão principal do spa.

No entanto, a suíte tripla, com três camas de solteiro enfileiradas como na casa dos ursos visitada pela displicente Cachinhos Dourados, o quarto com o charmoso teto de madeira desconfortavelmente rebaixado (seguindo a inclinação do telhado), as cortinas de estampa delicada sustentadas por argolas penduradas em varões sobre as duas janelas, esse quarto está vazio nesta temporada. Nenhum hóspede na escuridão dele. Em geral, a suíte tripla é compartilhada por pessoas – mulheres – que não se conhecem e buscam a menor tarifa possível, podendo usufruir das mesmas benesses coletivas oferecidas a um hóspede do chalé ou da suíte máster.

Como em um albergue, mas ninguém usaria a palavra albergue, nem mesmo hostel, para a situação.

Foi na suíte tripla que Denise ficou instalada na primeira temporada. Precisava, então, "perder" muitos quilos. Agora é diferente. Sente-se veterana e está satisfeita por ter dirigido o carro naquela manhã, e não ter vindo de ônibus. O mapa no banco do carona foi pouco útil, por causa das letras pequenas. Ainda se atrapalha com o hábito recente de revezar os óculos escuros (vista ofuscada pelo sol) e os de grau (vista cansada). Parou em um posto de combustíveis para pedir informação e não chegou a errar o caminho.

Denise não tem mais tanto medo de o carro espatifar-se contra uma SUV preta que resolveu cruzar a estrada, e só se sobressalta ligeiramente quando a cena parece antecipar-se no acostamento. Estava mesmo confiante naquela manhã ensolarada, o plano da segunda temporada em andamento. O mais importante foi ter chegado a tempo do almoço, a tempo de conhecer à mesa pelo menos três pessoas do grupo com o qual vai conviver nos próximos sete dias: Sidney, Bernadete e o sujeito com nome e pose de imperador romano. Augusto César tem uma ilha:

Na nossa ilha temos dois geradores. Nos bons tempos, havia cabos submarinos condutores de energia elétrica, mas um dia eles se romperam e o governo não fez o conserto. Já era este *governo*, ressalta o hóspede-imperador. A calvície lhe confere um ar infantil, ao contrário da de Sidney, de alguma forma mais máscula. Diferente também da figura corpulenta do homem à cabeceira,

Augusto exibe sobrancelhas desenhadas e arqueadas, que parecem ter a função de compensar a baixa estatura.

Sentada à parte central da mesa, uma mulher (semelhante, mas não é Bernadete; Denise precisará ficar atenta a isso) captura alguma atenção ao afirmar que também tem dois geradores em seu sítio. Penedo. Minutos antes, ela havia elevado a voz para contar sobre um assalto sofrido pela cunhada dentro do prédio da OAB, no Centro do Rio, mas a decepção da plateia foi nítida quando ela revelou a arma utilizada, uma chave de fenda. Só faltava o criminoso ser o Coronel Mostarda do jogo de tabuleiro, Denise pensou, mas não falou, nem saberia como sobrepor sua voz à das outras pessoas, ainda mais desconhecidas.

Como acaba de chegar ao spa, Denise é ignorada. Está entre duas pessoas que, juntas, têm quatro geradores. Entre um sítio na serra fluminense e uma ilha em Angra dos Reis, a ilha próxima à de Roberto Marinho. O empresário das comunicações morreu há anos, mas a ilha dele continua sendo a ilha dele. Denise está sentada no segundo lugar da mesa depois de Sidney, paira entre as ilhas, os mares e as montanhas do Rio de Janeiro. No mundo real, está à altura do sítio da mulher que não é Bernadete, já que o spa também fica na Região Serrana, a 931 metros do nível do mar, no município com as temperaturas mais amenas do estado.

Segundo a reportagem do caderno de turismo de dois meses atrás, o Montana é também um pretexto para se conferir o endereço onde funcionou, na década de 1970, o clube privê do clã Affonso Ferraz. Encravada na Mata Atlântica, a duas horas da Cidade Maravilhosa, a propriedade une o DNA dos jet-setters de outrora à elegância de uma hospedagem diferenciada. Para os hóspedes que vêm de helicóptero, a orientação é pousar no heliponto de um hotel próximo a Petrópolis.

A riqueza alheia sempre a atraiu e a intimidou, na mesma proporção.

Como é negligenciada, Denise ainda não conseguiu responder *sim, só vim para descansar*, como tinha planejado. Aqui em cima, as pessoas perguntam desta forma, *Ah, você só veio descansar, não é mesmo?* É um elogio de boas-vindas, pois quer dizer que o hóspede não precisa emagrecer. Já *é magro*. Uma superioridade relativa, uma vez que também não tem uma história para contar – como engordou, se sempre teve uma *mente gorda*, se tudo degringolou durante a adolescência ou na gravidez. A narrativa de Sidney deve ter causado algum impacto quando inédita.

Denise planejou algumas coisas. Outras, não precisou. Depois de estacionar o carro algumas horas antes, carregou a própria mala e informou na recepção que já conhecia as regras. O rapaz com as trancinhas parcialmente grudadas ao couro cabeludo e bem arrumadas por trás das orelhas, camisa branca engomada, esperou-a pacientemente preencher e assinar as cinco folhas de cheque. Uma prestação a mais para ficar na suíte premium, sozinha (embora, no mês das mães, o acompanhante seja *free*). Como da vez anterior, ganhou uma bolsa de lona azul-marinho com o número do quarto, conveniência que terá de devolver ao fim da estadia. Dentro dela, uma garrafinha, um roupão bege embalado em plástico e uma touca de piscina com o novo logotipo ecológico do spa. Assinou um papel comprometendo-se a pagar pela bolsa (20 reais), pela touca (5 reais) e pelo roupão (75 reais), caso não os devolva e prefira adquiri-los. Na relação, não constava a garrafinha plástica vermelha que agora já sabe se chamar squeeze, informação que ignorava na primeira vez, talvez por não a ter utilizado. É uma cortesia da casa.

Denise pretende usar a squeeze vermelha nos próximos dias porque se conscientizou da importância da ingestão de água, pelo menos dois litros e meio por dia. Não é fácil. Não gosta de água. Não gosta do sabor da água. Não sente sede porque não transpira. Seu dosha, de acordo com a medicina ayurvédica, é Vata, o que explica a falta de transpiração, mas não invalida a recomendação de beber água, muita água, mesmo sem sede, já que pesquisas científicas indicam que o corpo precisa de hidratação por dentro e por fora. Por dentro, com a ingestão de água, chá verde e sucos sem açúcar, e por fora com hidratantes que deixam a pele como veludo ou pêssego, viçosa a ponto de poder revelar às novas amigas, as amigas que fará ali, a loção hidratante da qual não abre mão. Para ouvir delas que sua marca não contém a água termal apaziguante da fórmula receitada por certa dermatologista famosa.

Bernadete não abre mão dos melhores hidratantes mesmo em um apagão, é o que Denise deduz, embora a spaziana ainda não lhe tenha dirigido a palavra, não diretamente, neste primeiro almoço da segunda temporada.

O certo seria Denise permanecer por 21 dias corridos, como na tradição dos tempos romanos; e ela pensa agora na coincidência de haver um "imperador" no grupo. Para seguir os antigos, pretende fazer uma terceira – e última – temporada de sete dias no spa. Uma conclusão, um fecho para sua história de sucessos modestos e quase mortes, como, afinal, são todas as vidas jamais contadas.

Hoje, sem tanta coisa para cuidar, já consegue ficar vários dias fora de casa, mas havia programado o período de uma semana, então será uma semana. Pretende voltar – desta vez chegou pensando em voltar – e concluir.

Finalmente descobre o motivo de o grupo não lhe dar sequer a atenção protocolar: uma parte está de saída. Sidney faz um gracejo sobre em qual churrascaria irão almoçar amanhã, depois de zarparem do spa. Majórica ou Fogo de Chão? Bernadete e a mulher que não é Bernadete, como se fossem duas meninas levadas, cochicham sobre a forma de conseguirem uma dose dupla do chá de sene. Diante da curiosidade de Denise, explicam que a equipe da cozinha até fornece um copinho pequeno da beberagem depois do almoço, sem precisar de autorização do médico ou da nutricionista. Mas costuma negar a dose dupla. Elas pretendem tomar o copo maior porque farão a pesagem final amanhã. Desta vez, Denise não se surpreende com o assunto implícito à mesa. É como se todos fossem mães e pais recentes descrevendo frequências e consistências fecais dos seus bebês. Ou melhor, aqui em cima, todos *são* bebês, e há um conforto explícito e cúmplice nessa regressão.

Quem está prestes a sair do spa não tem motivo para investir em novatos, por mais que estes se transformem, rapidamente, em *um deles*. Augusto César, o dono da ilha (provavelmente filho do dono, já que ele menciona sempre um "papai"), ressalta que não sairá na leva de amanhã, e explica isso em voz baixa diretamente para Denise. Ela recebe aquela mínima atenção como um gesto de generosidade do soberano com sua súdita, e é invadida por inesperada gratidão.

Se vai conviver mais com ele, e não com Bernadete, não haveria motivo para observá-la tanto. Ela tem um pescoço elegante, mas o desenho reto das sobrancelhas, convergindo em direção ao nariz, lhe imprime uma fisionomia triste. Neste momento, a hóspede comenta que seu marido não é gordo, mas que passa os fins de semana tomando cerveja. Recentemente, Denise foi a uma designer de sobrancelhas, por isso anda atenta ao efeito delas na expressão das pessoas. Só por isso. Não chega a ser uma obsessão.

Continua sem conseguir responder *só vim para descansar*, e a refeição já está terminando. Talvez o problema tenha sido a roupa escolhida com pressa, sem ao menos desfazer a mala, uma roupa de ginástica larga, que não a deixa magra o suficiente para merecer o elogio. Ela recusaria modestamente a deferência, revelaria que ainda faltam três quilos para alcançar a meta e todos ficariam curiosos em saber quanto foi gorda.

Como não é convocada a conversar, conforma-se com o pensamento de que está à mesa apenas para comer. Há uma finalidade. Comer devagar, incorporando hábitos novos e saudáveis. Não exagerar na quantidade do molho shoyo aguado sobre a salada, só por ele ser liberado. Com o passar dos dias, não se distingue agrião de alface; só se sente o gosto do molho. Tem experiência, é outra Denise, reprogramada. Neste momento de exclusão circunstancial, pode, excepcionalmente, se comportar como se fosse a pessoa da primeira vez: ouvir e observar. Nesta refeição, não fará amigas para poder comparar as orientações das dermatologistas e nutricionistas. Tudo bem.

A sobremesa tem uma consistência intermediária entre mousse e pudim, com raspas de coco por cima, enfeitada com uma folhinha de hortelã. É exaltada por todos. Tenta comer devagar, pousando a colher entre as mastigações, como orientou o médico na primeira temporada. Descobriu depois que era uma recomendação padrão, pousar os talheres, assim como a adesão à caminhada light após as refeições principais. Algo que todos, independentemente da idade e do sobrepeso, conseguem fazer: pousar os talheres entre as garfadas e caminhar devagar.

A caminhada pós-almoço não segue um percurso fixo, mas deve ser feita sempre dentro dos limites do spa. Sair pela guarita tem seus riscos, isso ela já aprendeu.

O professor de Educação Física ainda não chegou ao salão para animar os spazianos, *vamos lá, hora da caminhada light.* Como ninguém se levanta em busca do café ou do chá oferecidos na sala da lareira, a conversa sobre a noite anterior é retomada. Depois que a energia voltou, todos tiveram dificuldade para dormir. Na verdade, sempre têm dificuldade para dormir. Com exceção de Sidney.

Hypericum, ele diz. É o que indica para todos, com a convicção de um executivo de marketing. Bernadete revira os olhos quando Sidney acrescenta à fórmula dois saquinhos de chá de maçã. *Eu tomo remédio mesmo, remédio é feito pra se tomar, todo mundo toma* – ela fala como se fosse terminar com a hashtag "prontofalei". Denise não cogita elevar a voz para se fazer ouvir e falar de sua experiência com Frontal ou Patz. O dono da ilha e a mulher que não é Bernadete também usam medicação para dormir, e tentam descrever o terror de suas insônias. É horrível e angustiante, diz Augusto, e a mulher repete os adjetivos, com entonação mais enfática, dando a impressão de lhe faltar vocabulário. Um candidato à presidência americana tem o vocabulário composto por 77 palavras, Denise leu na véspera, mas desconfia de que seja um site de piadas.

Só que Sidney tem autoridade no assunto: sofreu muito com insônias. Quando começaram, por causa do desconforto com as cirurgias, um médico lhe receitou Rivotril de 2 mg três vezes ao dia. Obtém silêncio no grupo. Ficava tão grogue que mal conseguia articular as palavras nas reuniões de trabalho. Imagina um executivo fazendo apresentações com a língua enrolada. Estava viciado, e um dia resolveu parar. Foi quando descobriu o Hypericum.

É uma história de superação, o depoimento de um convertido.

Por ser um homem grande, que gesticula com vigor e está no campo de visão de todos (embora seja necessário girar ligeiramente o tronco para lhe dedicar total atenção), Sidney parece um regente, fazendo caretas para entusiasmar os músicos da orquestra. Ou para impressionar a plateia que estaria atrás dele (mas ali só há uma parede forrada por papel decorado com cenas campestres). Pode ser, no entanto, apenas o olhar de Denise, dando zoom na face viril, por ter sido relegada à função de observadora, excluída da conversa. Enquanto o professor de Educação Física passa pelo umbral da porta, Sidney informa o número do celular aos amigos do grupo, amigos de tantas caminhadas conjuntas, muitas piadas, dias de convívio intenso (multiplicados pela matemática do tempo aqui de cima). Está quase emocionado. Este grupo tão divertido, porém, não fará a última caminhada, a light, que seria a de despedida – a marcha deverá começar no instante em que todos se dispersarem em direção ao café ou aos quartos. Sidney mora na Tijuca; Bernadete, na Lagoa; Denise aposta que nunca mais se verão.

Primeira temporada

Temporadas em spas remontam à tradição romana de cidades hidrominerais que prometiam a cura para diversos males no prazo de 21 dias. Ao foco terapêutico unia-se o conceito de fruição de um ambiente privilegiado de convivência: ricos ociosos de todos os tempos – de reis entediados a poetas tuberculosos – tiveram seus problemas de saúde minimizados por esta agradável estadia de repouso, com a ajuda do ar rarefeito da montanha ou do frescor da brisa marinha, mesmo sem banhos termais ou tratamentos médicos consistentes.

Melhoravam porque seus males eram também os do espírito.

Tudo psicológico, concluiu Denise. Ela parou a pesquisa no ponto em que precisaria ir muito além da Wikipédia. Já era o suficiente. Podia mencionar também um livro grosso que leu na adolescência quando se meteu com ideias filosóficas, mas só se lembrava de ser ambientado em um sanatório para tuberculosos, em uma montanha cheia de neve. E quem tem tempo para livros ou filosofias nos dias de hoje?

A internet é suficiente, e foi nela que chegou a um lugar específico e a um nome específico: um inglês chamado Richard Nash, que transformou antigas termas romanas em um balneário chique no século XVIII. O lugar era Bath, a 187 quilômetros de Londres, o equivalente hoje a uma hora e 37 minutos de trem. De todo modo, não precisará saber tanto, se surgir o assunto spa, ali no spa da serra.

Bath: lugares próximos de Londres para um bate e volta.

Uma vizinha lhe perguntou uma vez sobre as cercanias da capital inglesa, já que ela, Denise, trabalhava em uma agência de turismo. Pelo senso comum, alguém que trabalha com turismo conhece o mundo todo. Como em outras ocasiões, precisou confessar ser uma "receptiva": recebia gringos e praticamente não viajava para fora do Brasil. Nem sequer conhece Londres.

Constrangimento semelhante passa Vicente ao explicar que é engenheiro civil, mas trabalha com investimentos, os próprios – o pé-de-meia obtido graças à construção de um grande condomínio em Niterói, uma tacada da qual ela não se recorda direito, talvez porque Bruno fosse bebê, e mãe não tem tempo para mais nada nessa fase.

Pensando melhor, Vicente não costuma se constranger com facilidade, então é só ela que acha embaraçosa a situação de explicar o próprio trabalho.

Lugares próximos de Londres para um bate e volta podem se tornar um post, caso decida escrever um blog. Posts para um blog podem ser assuntos de conversas casuais, por isso a ideia do blog ganha um ponto a mais em relação à de fazer um MBA. Precisa anotar na coluna "Prós", no caderninho.

De qualquer forma, sobre Bath e sanatórios, interessa-lhe menos a badalação inventada por Richard Nash no século XVIII e mais a promessa de uma experiência capaz de livrar a pessoa de seus pensamentos ruins, do pessimismo permanente, de reviver várias vezes um episódio banal como o dos gatos. Vicente, com certeza, não pensou mais no assunto, e Lena também não deu importância ao relato, talvez porque Denise não tenha contado exatamente tudo para a amiga.

No Montana, entretanto, ninguém se interessou ainda pela origem e pela tradição dos spas. Na hora H, na hora de fazer aquela pesquisa parecer uma ligeira erudição apropriada a um bate-papo normal e espontâneo, na hora H soou um tanto forçada a relação que ela fez entre o spa da serra fluminense e os sanatórios europeus do século passado. Ora, aqui as pessoas estão hospedadas *apenas* por causa do sobrepeso. Como não se deu conta da desproporção? Mesmo quando há obesidade, tecnicamente falando, trata-se de algo aceitável, raramente obesidade mórbida. Estão aqui para se reestabelecer, se reequilibrar, sem tragédias inconvenientes nem filosofias cansativas.

Uma das duas colegas de quarto – a jovem – nada sabia sobre tuberculose e sanatórios, chegou a confundir a doença com lepra. Que vergonha ter misturado assuntos tão díspares, fazer mais uma daquelas associações incompreensíveis aos outros; porque ela, Denise, sempre se esquece de mencionar uma parte da ligação entre os fatos, feita apenas mentalmente. Paralisa-se diante dos olhares interrogativos, incapaz de se explicar melhor e sem saber se banca a maluca ou se passa por pouco inteligente.

Naquela primeira conversa no quarto da Cachinhos Dourados, como apelidou secretamente a suíte compartilhada, talvez tenha soado velha e sisuda para a descolada Isabela. O que tem de mais confundir tuberculose com lepra? Precisa dar o desconto da idade, Isabela é um pouco mais velha que Bruno, e será universitária como ele quando o intercâmbio acabar.

Como não quer parecer meticulosa a ponto de chamar a atenção, não insistiu no tema nem se explicou melhor. É assim que fluem as conversas, elas prosseguem com tropeços mesmo, e fica tudo bem – não é o caso de remoer depois, ainda mais publicamente. Denise tampouco deixou visível no quarto a nécessaire dos medicamentos (pretende separar os comprimidos quando estiver sozinha).

Cada hóspede da suíte tripla tem a própria mesinha de cabeceira (com gaveta) e direito a uma porta de armário embutido, mas apenas ela levou a quantidade de calcinhas suficiente para não precisar pendurá-las no varal retrátil instalado no canto do box. Pendurou só o maiô da hidroginástica, depois de lavá-lo no chuveiro com Higi Calcinha, tendo o cuidado de não esquecer o sabonete para roupas íntimas no banheiro. Poderia parecer obsessiva, hipocondríaca ou fresca.

Em seu apartamento no posto 6, Denise dispõe de 27 portas de armário. Aprendeu a aproveitar cada nicho disponível graças ao curso de organização residencial feito logo depois que a agência fechou. Disse a todo mundo que sua motivação era dar um jeito nas bagunças da casa. Na verdade, tinha cogitado, e não contou pra ninguém, adotar uma dessas profissões do futuro, a de *personal organizer*. Como as outras três alunas do curso – uma bióloga, uma protética e uma professora de crianças – revelaram intento semelhante nas apresentações iniciais (e ela foi a última a falar), Denise pôde dizer *só quero organizar melhor minha casa*, a mesma justificativa dada a Vicente (que bancou o curso) e Lena (que achou interessante a ideia de cuidar melhor dos objetos que contam as histórias de nossas vidas).

Na segunda aula, Denise explicou que não era bagunceira, mas morava com dois homens, *já viu, né, até com roupa jogada no chão tenho que lidar*. Depois emendou que Bruno não é homem ainda, tinha só 18 anos (agora 19), mas seguia o exemplo do pai, e homens não reparam na casa, não tem jeito, embora Vicente arrumasse com método sua caixa de pescaria. Infelizmente, ela nunca saberia como era lidar com meninas asseadas e caprichosas com suas gavetas e prateleiras: não dera a sorte de ter uma princesinha para encher de laços o cabelo e de babados o vestido. Todas sorriram.

Agora, no spa, precisa conviver com duas desconhecidas (uma delas jovem *demais*) e não olhar dentro de suas gavetas nem ceder ao impulso de catar, com certa repulsa, suas calcinhas penduradas no box. O consolo é que uma delas partirá amanhã, a mais velha. Com sorte, não entrará outra hóspede na vaga.

Denise, no entanto, se esforçará nessa convivência e em seguir as recomendações de Vicente, que financiou essa maluquice (aqui vão cuidar dela, ela não vai cuidar dos outros, poderá *descansar*), já que está há quatro meses sem trabalhar, *só comendo*. Falou para Isabela e Selma *sou agente de viagens*, e não disse *no momento estou desempregada*. Depois das apresentações iniciais, sempre vem a dificuldade: como passar à etapa em que as pessoas comentam coisas como "bolsa de mulher é tão bagunçada" ou "mulheres vão juntas ao banheiro"? Falam disso com prazer, até alegria, mesmo que nenhuma informação relevante seja mencionada.

Pelo menos, as duas são gordinhas. Gordas o suficiente.

Pensando bem, o problema com Isabela, a que ficará a semana inteira no mesmo quarto, não é a idade próxima à de Bruno. O problema são os olhos arregalados como os de Úrsula. Se coincidências assim continuarem acontecendo, existe o risco de ficar se lembrando da partida de Bruno, e do dia dos gatos, no qual provavelmente Vicente agiu do jeito mais pragmático que ela jamais suspeitou existir.

Denise, porém, não vai pensar nisso agora, muito menos ficar cobrando do filho ligações internacionais.

Para ele se adaptar, é melhor a mãe não estar presente, isso ela aprendeu logo no primeiro dia dele na escolinha. Não quer ser a mãe chantagista nem a esposa chata, e a variada programação do spa a ajudará nesse propósito (ainda não descobriu que algumas atrações mencionadas no site – como as massagens e a leitura de aura – são pagas por fora. Ela não daria mais esse custo a Vicente).

Pelo menos se manterá ocupada.

Começa marcando, pelo telefone interno, uma manicure para o dia seguinte (30 reais a mão, preço razoável para um lugar como o Montana). Já se livrou da pelezinha com o alicate, mas precisa sentir a situação ainda mais sob controle.

Escolhe, na programação geral (deixa o cardápio de massagens para outra hora): "Movimento Expressivo". LOCAL: Espaço Fisio. Perguntará na recepção onde é o Espaço Fisio, torcendo para haver poucas pessoas na aula, ou pessoas tão ignorantes quanto ela em relação a atividades que envolvem bolas, elásticos e apetrechos com formas estranhas.

Essas atividades devem ser sua prioridade, se pensar na temporada como um tratamento, mais do que um regime. Faltam vinte minutos para o Movimento Expressivo, então terá vinte minutos para pensar na roupa adequada, discreta, mas com algum colorido, pois, afinal, é verão. Roupa de academia, mas do tipo pilates ou ioga, larguinha. Ela frequenta shopping centers, vê vitrines, não é nenhuma caipira.

***

Denise faz quinze minutos de Movimento Expressivo. Só ela e outra hóspede, de cabelos alaranjados e expressão tímida, além da professora – uma psicóloga, não uma profissional de Educação Física. Quando começa a se desinibir e se sentir menos patética em repetir os gestos aleatórios da professora, multiplicados pelo espelho, uma funcionária interrompe a aula para alertá-la sobre suas consultas. Praticamente pega Denise pela mão e a guia até o consultório do dr. Rodolfo.

A calça legging e o top (por baixo da camiseta), ambos pretos, se revelam muito apropriados para o ritual de ausculta pulmonar e cardíaca. A pressão está baixa, e dr. Rodolfo se mostra bastante satisfeito com isso, como se, no fim da consulta, fosse lhe dar um pirulito pela façanha. Ela responde às perguntas com orgulhosos "nãos" e diz "socialmente" quando o assunto é bebida alcoólica. Como ele não pergunta sobre os medicamentos "SOS", só os de uso contínuo, não precisa mentir sobre nada.

Na consulta com a fisioterapeuta, começam as dificuldades. Por algum motivo, depois de caminhar ida e volta com os pés descalços, observada pela profissional jovem e ainda por cima de rabo de cavalo, Denise menciona o acidente. *Sim, fiz fisioterapia uma vez, logo depois de um acidente de automóvel.* A fisioterapeuta se interessa, e Denise se arrepende imediatamente. Não foi nada de mais, uma costela quebrada e um pequeno deslocamento do ombro, que acabou motivando a fisioterapia. A jovem balança o rabo de cavalo e argumenta, como se fosse a psicóloga da atividade anterior, que lesões com aquele nível de dor não são sem importância. Denise só compreende a tentativa de empatia quando enxerga o leve sorriso esboçado pela profissional.

Nível de dor? Sim, lembra-se da dor, e também da dificuldade de respirar logo depois da batida, mas tomou Tylex e ficou tudo bem, é o que ela não responde.

Se não contiver aquilo, começará a perder o controle sobre sua versão de si mesma, aqui no spa. Não pretende ficar ostentando um acidente de carro sem vítimas fatais, uma biópsia que deu negativo, a morte de uma amiga de infância que fazia anos não via nem a demissão de um emprego do qual nem gostava tanto – tudo no período de um ano, é verdade – como se fossem troféus. Uma atitude assim, da parte dela, talvez interesse a Lena, que intelectualiza tudo, e seria encenada com vigor por sua sogra. Mas ela, Denise, não gosta de incomodar os outros com detalhes de suas histórias sem graça. Mulher sofre mesmo, faz parte.

Se for para se vitimizar um pouco, no "papo furado" de uma refeição, no máximo dirá estar sofrendo a Síndrome do Ninho Vazio por causa do intercâmbio de Bruno, uma situação muito corriqueira entre mulheres maduras, e seu desabafo provocará alguma identificação com as mais velhas, que contarão suas histórias. Imediatamente o foco sairá dela própria, e Denise será *toda ouvidos* para as proezas dos filhos desgarrados das outras, concordará quando disserem que *filho a gente cria para o mundo,* e constatará o quanto as vidas de todas são razoavelmente interessantes, apesar da idade. Adotou estratégia semelhante na convivência com as meninas populares no colégio, pajeando-as na hora do recreio e jamais interrompendo suas histórias.

Mas, naquele momento, com a fisioterapeuta, precisa mudar o rumo da conversa, o que é relativamente fácil por causa da caminhada em linha reta atravessando o consultório. Denise tem escoliose. Uma terrível escoliose, provavelmente detectável pelo ângulo de Cobb se ela fizer uma radiografia da coluna inteira. Não sabe disso? Tanto o ombro como o quadril direito estão caídos em relação ao outro lado; não consegue ver ao espelho? A profissional ajeita-lhe a postura, deixando os ombros nivelados na imagem refletida, e Denise, então, se sente torta. Aparentemente, seu corpo tem uma deformidade antiga (já que não há queixas de dor), uma sinuosidade imprevista na coluna vertebral, que a deixa ligeiramente inclinada para o lado direito, desde a infância, ou a adolescência, num ângulo que poderia ser monitorado caso queira certificar-se da estabilidade do caso.

Os quadris lhe parecem uma deformidade desde que surgiram, implacáveis, aos 12 anos. Certa vez, numas férias em Iguaba, na casa de veraneio dos tios ricos que raramente a convidavam, a prima mais velha disse: *você tem corpo violão.* Ela odiou. Entendeu, de súbito, por que tudo vinha ficando tão embaraçoso. Foi mais ou menos nessa época que fez o primeiro regime, na esperança de diminuir o quadril. O quadril que agora descobre estar torto, caído para o lado direito. Grande como nunca e, ainda por cima, caído para o lado direito. Sai da fisioterapia tentando se sentir torta para o lado esquerdo, pois assim ficará reta na imagem do espelho, e para todas as outras pessoas que não são ela própria.

Contará sobre a escoliose a Vicente como se fosse um divertimento.

Sobre a gafe no jantar – chegar ofegante, depois de se perder por segundos (ou minutos) nos corredores do casarão, e se sentar no lugar errado, ignorando as plaquinhas na mesa e explicitando o desejo de ficar distante de todos –, isso ela não falará no telefonema noturno. Mencionará a escoliose e as companheiras de quarto. O marido ficará feliz de imaginá-la com novas amigas e a incentivará a manter contato se elas forem do Rio. Ela não se lembrou de perguntar sobre suas cidades e seus bairros de origem, embora tenha certeza de ter respondido que morava em Copacabana. Esqueceu o habitual *E você?*, imprescindível para uma conversa se prolongar socialmente.

Sobre as atividades físicas, bem, ela admitirá a Vicente ainda estar confusa em relação à agenda de consultas e compromissos, não por falta de empenho e organização, mas porque são muitas as novidades. Tantas que parece já estar aqui há muito mais tempo do que somente algumas horas. Como previu, o tempo se multiplica em um ambiente isolado e diferente. Diferenciado, diz o folheto do Montana. Cada tostão de Vicente será muito bem gasto e marcará, sem dúvida, uma nova etapa em sua vida de mulher madura com filho criado, uma espécie de volta por cima. Em algum momento, encontrará *um propósito*. Antes de dizer *beijo* e desligar o celular, Denise se comprometerá a se engajar, no dia seguinte, em atividades do tipo aeróbicas, e também as zens, e fazer sessões de massagem, tudo o que ajuda os nervos e não só o emagrecimento.

Mas ela não esperava uma primeira noite tão difícil no spa.

***

Selma é a última a chegar ao quarto. Denise finge já estar dormindo. Isabela, como uma adolescente encorpando (e não engordando), apagou em instantes, e ressona. Combinaram deixar acesa a luz do banheiro, a que ilumina o espelho sobre a pia, durante toda a noite, com a porta encostada.

Sem Patz, Denise costuma levar uma hora (às vezes uma hora e meia) para pegar no sono. A movimentação no banheiro começa duas ou três horas depois de ter fechado os olhos (provavelmente está na fase dois do sono, não profundo). Primeiro, confusa, pensa que Selma está tentando vomitar. Depois percebe, pelo mau cheiro que se alastra pelo quarto, que não. E também pelos barulhos líquidos, em cascata, que se seguem.

Discretamente, puxa o lençol até esconder o nariz. Pouco adianta. O fedor está também debaixo da coberta. Denise fica o restante da noite praticamente sem dormir. É como se estivesse dentro de um pesadelo, pois, além do entorpecimento do sono que não vinga, há uma espécie de convicção de que não pode se mexer. Precisa fingir estar dormindo, como uma criança que não quer chamar a atenção do fantasma no quarto escuro. A situação se prolonga porque o episódio líquido se repetirá alguns minutos depois do primeiro: Selma se deita na cama, como se tudo tivesse terminado, mas logo sai em disparada novamente, e dessa vez bate a porta do banheiro com força.

Nesse instante, Isabela aproveita para trocar de posição na cama, e Denise tem o consolo de não estar sozinha na encenação de dormir. O normal não seria uma das duas acender o abajur, assumir a situação, perguntar a Selma se podem ajudá-la? Chamar a enfermeira, disponível 24 horas no Montana?

No dia seguinte, ao constatar a disposição de Isabela, Denise tem certeza de que a jovem voltou a dormir, com cheiro e tudo. Ela própria conseguiu apenas cochilar, de madrugada. Já Selma, ela se levanta bem cedo, provavelmente para ser uma das primeiras na pesagem final, a que fica registrada numa espécie de boletim, em papel-cartão, que o spaziano leva para casa. Um boletim como os de colégio: no lugar das notas, peso e medidas. Incluindo a circunferência do quadril.

Graças à diarreia, Selma sairá do spa aprovada com louvor.

Segunda temporada

Na falta de interessados, Denise caminha sozinha com o professor de Educação Física, um rapaz educado, com pele de bebê. Seu nome, Gabriel, lhe cai bem. Não se lembra dele da temporada anterior. O número pequeno de hóspedes é típico de uma segunda-feira, ele explica. Se bem que este ano deu uma esvaziada mesmo, por causa da crise. A faixa etária também mudou, o que acabou por afetar a natureza de seu trabalho. Os mais jovens, que montam séries completas na academia e fazem aulas de impacto, são raros, enquanto os mais velhos – clientes de muitos anos – continuam fiéis ao spa. Estes preferem a hidroginástica e a caminhada ecológica, como é chamada a atividade matinal em volta do lago. Estão aqui mais para descansar.

Gabriel não está especialmente preocupado com a crise porque os novos donos da propriedade, que a compraram dos herdeiros de Affonso Ferraz (seu irmão, prefeito duas vezes, dá nome à ponte de acesso ao Montana), têm bala na agulha. São investidores de um *private equity* que aposta em spas e redes de ensino. Como Denise soube recentemente, pelo caderno de turismo, do passado glamouroso do lugar, pergunta se é verdade que o patriarca tinha ali uma boate, construída para receber os amigos da alta sociedade. Era mesmo o *hot spot* da serra? Gabriel não sabe o que é *hot spot* (Denise nunca tinha usado antes a expressão do jornal, se sente como se estivesse imitando Bernadete falando), mas ele deduz, e confirma a fama das noitadas regadas a uísque 18 anos. A boate, há tempos ela foi demolida pela filha, a mesma que vendeu o negócio do spa aos investidores. O haras só agora está sendo desmontado, para dar lugar a quadras de tênis. São aquelas reformas lá atrás.

Denise não pergunta sobre os cavalos, que fim levaram, pois não é especialmente interessada em animais. Reparou que eles continuam presentes no papel de parede da sala de jantar, em alguns quadros na sala da lareira e em uma escultura de bronze na biblioteca. Só a cabeça.

Combina com Gabriel montarem amanhã uma série de musculação, com foco no fortalecimento dos músculos que sustentam os joelhos. Seus joelhos agora doem e eram uma das poucas partes do corpo que jamais doíam. Para alimentar a conversa em dupla, Denise é excessivamente simpática com o professor (em alguns países europeus, sorrir em demasia pode denotar subserviência ou vulgaridade, leu no caderno feminino).

Sua simpatia fingida acaba contaminando-a: fica alegre. Está prestes a se inserir no grupo dos jovens, os da academia, não os da hidroginástica. Não precisará se enturmar com as Bernadetes que a ignoram, pois terá a companhia dos jovens, só um pouco mais novos que ela, que desembarcarão nos próximos dias. Por isso, à noite, vestirá sua calça jeans mais descolada com Keds brancos.

Nos vemos daqui a pouco, na hidro?, Gabriel lhe pergunta. Ia responder automaticamente que sim, para continuar sendo simpática, mas precisa recuar. Não poderá. *Acabei de chegar, tenho consultas com a fisioterapeuta, a nutricionista e, talvez, com dr. Rodolfo. Sinto muito.*

***

A sopa é de inhame com shitake defumado, mas o sabor é de bacon. Denise fica tão impressionada com o gosto indefinido e ao mesmo tempo sofisticado que releva a fome prolongada desde o começo da tarde, apesar do suco energético das 17 horas. Desta vez, não fez uma comilança antes de partir do Rio, não comeu pão de queijo na rodoviária (nem passou pela rodoviária), não tem "reservas" para gastar.

Como está com um vestido preto e colocou uma jaqueta cáqui acinturada, desceu as escadas se sentindo magra, ou já emagrecendo nestas primeiras horas de spa.

Ao chegar à sala de jantar, o impulso foi dar meia-volta: uma única pessoa à mesa. Um senhor, jantando sozinho. Onde estariam os outros hóspedes famintos, por isso pontuais? Aquele senhor não figurava no grupo do almoço, tampouco parece recém-chegado. Talvez tenha almoçado mais cedo, enquanto ela preenchia os cheques na recepção.

Celso Maranhão, segundo a plaquinha com nome e sobrenome marcando a cabeceira oposta à ocupada por Sidney no almoço, ficou contente com a sua chegada e informou prontamente o sabor verdadeiro da sopa. Denise observa agora o prato fumegando, como também foi o banho, um ótimo banho, porque coisas quentes são familiares e aconchegantes para ela e para pessoas com o mesmo dosha, as mesmas extremidades frias no corpo. Resolve gostar de Celso, o senhor com quem terá de conversar, já que a plaquinha dele foi colocada quase ao lado dela (entre eles, uma Sônia ausente).

A plaquinha, já sabe, ajuda a equipe da cozinha a identificar as especificidades do cardápio de cada um, pois tudo no spa é personalizado. Ou quase.

Celso supõe que ela siga a dieta de 1.800 calorias – não a de 800 ou a de 1.200 –, e finalmente Denise ganha seu elogio. Acertou no vestido preto. Celso está no spa há quase um mês, tem intimidade com os garçons e se comporta como se fosse o anfitrião. Existem hoje spas mais requintados aqui na serra, com instalações mais novas, ele diz. Mas nenhum com esse nível de serviços e atendimento. *Venho todo ano e fico pelo menos um mês. Em geral, um mês e meio. Só não fico mais tempo porque ainda precisam muito de mim no escritório.* Os lábios finos se esticam na última frase.

Celso pergunta o que ela faz, e Denise deduz que seja profissionalmente. Ele não se interessa pela resposta. Em seguida, quer saber seu estado civil. Ele não pergunta se é casada ou solteira. Pergunta exatamente assim: qual o seu estado civil?, como se ela precisasse preencher um formulário. Na ponta da grande mesa vazia, ainda sem música ambiente, a mulher de meia-idade que é ela mesma responde *divorciada* no mesmo tom do *socialmente*, devidamente registrado na ficha médica sobre bebidas alcoólicas.

O fato é que ainda precisam de Celso no escritório de advocacia, escritório que fundou na época em que mal existia o direito societário no país. Repete que precisam muito dele, mas ressalta: os sócios precisam, não os filhos. Nem os netos, que são um tanto hiperativos, como toda criança hoje em dia, embora os netos já sejam crescidos também. Denise não é hábil em aferir a idade alheia, mas imagina que ele esteja próximo dos 80.

Na entrevista que deu ano passado para a principal revista do setor jurídico – só depois ele soube que a revista não era impressa, e sim um site –, Celso ficou com os olhos úmidos ao admitir que devia tudo, todo o sucesso profissional, não aos sócios atuais, nem ao primeiro e falecido sócio, e sim à esposa, Albertina – quem, na prática, criou os quatro filhos. *Todos muito bem encaminhados, sim senhora.* Os olhos úmidos durante a entrevista é Denise quem imagina, porque eles estão brilhando agora. Talvez, na hora, ele tenha falado friamente ao repórter, e só depois se emocionado, sozinho na varanda com um charuto. Ou talvez tenha chorado como um bebê em determinado momento da longa entrevista, escrita de forma generosa, a ponto de fazê-lo considerar seriamente publicar sua autobiografia. Seria um livro para reunir os amigos de longa data no dia do lançamento. Quem sabe, revelar alguns bastidores que não afetassem os clientes.

Denise comenta que seu filho pensou em cursar Direito, antes de ir para o Canadá, antes de não voltar do intercâmbio (mas Bruno ainda pode voltar quando as coisas se resolverem). Finalmente, Celso presta atenção ao que ela diz. Interessa-se, na verdade, ao saber que a interlocutora, como o filho dele, estudou no colégio São Fernando.

Você deve ter sido da turma do meu segundo filho, o que nem deixei fazer teste vocacional, ele diz. O filho estava convicto em relação à medicina, então pra que confundir tudo no ano do vestibular? *Não, nenhum dos meus filhos quis ser advogado, até porque duas são moças. Mas Marcelo, ah, o Marcelo sempre foi muito bem-sucedido como cirurgião* – e Celso recua as costas grudando-as no espaldar da cadeira, encostando os cotovelos nos apoios laterais, conforto disponível nas duas cabeceiras. Realça, assim, as três dobras do pescoço. Aperta os olhos para observar o rosto de Denise, como se fosse reconhecê-la a qualquer instante.

Denise responde que havia três Marcelos em sua turma, conhecidos pelos sobrenomes justamente por causa da coincidência. Nenhum deles era Maranhão. Celso pergunta se ela soube da morte do padre Feitosa, mas Denise não consegue lembrar o nome de nenhum padre do colégio.

O padre Feitosa tinha rezado a missa inaugural da capela do sítio de Celso em Itaipava. Denise pensa se a propriedade teria um gerador. Ele se mostra feliz em poder recordar um fim de semana em especial, o da inauguração da capela: além do padre, hospedou um grupo de alunos do São Fernando, amigos de Marcelo. As meninas ficaram na casa principal, e sua esposa as vigiava durante a noite. Já durante o dia, como tomar conta dessa garotada?

Quando chegaram à conclusão de que o filho de Celso deveria ter se formado oito anos antes de Denise, portanto ela dificilmente o teria conhecido, ele comenta *pois é, mas esse meu filho já morreu*. O filho homem que não quis ser advogado porque tinha vocação para medicina, o filho que tentou invadir o dormitório das meninas quando era um jovem cheio de espinhas e que foi repreendido pela vigilante Albertina, esse Marcelo, herdeiro do precursor do direito societário no Brasil, esse filho já morreu. Talvez Celso tenha mais de 80 anos e não esteja com a memória boa. Talvez tenha, naqueles instantes, fingido que o filho ainda vivia, e naquele fingimento ele teria a idade dela, porque morreu há oito anos e os pais não conseguem imaginar como estariam, mais velhos, seus filhos mortos.

Denise já imaginou que, se Bruno morresse, teria coragem de se matar. Não pensou mais nisso depois que ele virou um rapaz e fechou a porta do quarto. De qualquer forma, não seria um pensamento estapafúrdio a ponto de precisar evitá-lo.

Outros hóspedes finalmente chegam à mesa, atrasados por causa das sessões de massagem. Bernadete experimentou a Esalen, técnica sueca boa para tonificar os músculos. Amou. Entre os comensais, há duas novatas de roupão que exalam uma mistura de eucalipto com algum óleo adocicado. Em contraste, a mulher que não é Bernadete está muito arrumada, com o cabelo escovado e talvez até laquê.

O garçom traz o segundo prato de Denise.

Arrepende-se da escolha: panqueca de ricota e espinafre, ornamentada por tomates-cereja, em vez da truta que os outros pediram. A conversa à tarde com a nutricionista (depois que já tinha assinalado as opções do jantar) só faz aumentar o arrependimento, pois constataram, juntas, o vício dela em carboidratos, e reconheceram a importância da ingestão de proteínas para aumentar tanto a saciedade quanto a massa muscular. Truta tem mais proteínas, ela sabe. Além disso, a porção está bem maior do que a da panqueca. Ainda sente muita fome, apesar do prato fundo e transbordante de sopa.

Quem possui boa massa muscular pode comer uma quantidade maior de calorias diariamente, porque o metabolismo basal é mais acelerado. Pesquisas mostram que essas pessoas não voltam a engordar tão rápido. Anda pensando muito em massa muscular, também chamada massa magra. Sobre o seu metabolismo, saberá mais amanhã, no exame de bioimpedância, e poderá, inclusive, comparar com os números do ano passado.

Cada pessoa que chega à mesa é desafiada por Celso a identificar os verdadeiros ingredientes da sopa. Ele faz *shiu* para o garçom não revelar o segredo, que já não é segredo para quem chegou minutos antes. Todos sorriem, condescendentes como se deve ser com uma pessoa idosa, enquanto esperam a sopa esfriar ou a conversa engrenar.

Denise decide que no dia seguinte irá se consultar novamente com a nutricionista, à disposição para alterações no cardápio. Da última vez, não aproveitou toda a estrutura, o melhor serviço entre todos os spas da serra, porque não queria precisar de ninguém. Achava preferível se adaptar sem chamar atenção. Depois da reprogramação interna do último ano, consegue acreditar que algumas pessoas ajudam as outras e até se envolvem com sinceridade, quando são pagas para isso.

A segunda estadia será diferente, embora, naquela primeira noite, antes de dormir, ela tenha combinado telefonar para Vicente, só para falarem da situação de Bruno.

Primeira temporada

Denise não pensa que, depois daquela primeira noite insone no spa, da exaustão que paralisa partes de seu corpo, da falta de energia incompatível com o horário matutino, ainda mais para quem terá um dia repleto de atividades físicas até a nova possibilidade de dormir, não pensa que, diante da perspectiva de colocar em risco todo o planejamento de sua semana de cura, a volta por cima que dará sentido à nova fase de mulher madura com filho crescido, ela não pensa ter o direito de recorrer à sua caderneta de poupança (da qual Vicente desdenha por ser um péssimo investimento) e pedir à recepção para mudar de quarto. Um quarto só para ela. Ela não pensa nisso um segundo sequer. Apenas aproveita o dormitório momentaneamente vazio para usufruir da brisa fresca que entra pelas duas pequenas janelas quadriculadas, semiabertas para o céu azul e o jardim bem cuidado. Aproveita para descansar por alguns instantes.

Disse a Isabela que precisa enviar uns e-mails e que já descerá para o café da manhã. Posicionou o travesseiro em pé, junto à cabeceira da cama, e se recostou com o laptop pousado no colo e o caderninho ao lado.

Precisa fazer aquilo dar certo. *Preciso de uma estratégia*, escreve em tinta preta. A estratégia começa por seguir rigorosamente a programação do spa, e por isso deve se pesar em jejum, regra do primeiro despertar no Montana. Selma certamente foi uma das primeiras na pesagem, pois saiu cedo do quarto. Já lhe explicaram que é preciso colocar o nome numa prancheta – uma fila por ordem de inscrição – e que a demora para a primeira refeição do dia pode ser bastante desagradável. Jejuns prolongados fazem o tempo passar devagar de uma forma ruim, não de uma forma boa. Como todos experimentaram algum nível de fome durante a noite, somente a educação justificará que alguns afirmem, à mesa, que, curiosamente, *nem estão com tanta fome*.

Antes que seu atraso chame a atenção, ela se recompõe. Foram 25 minutos olhando sem olhar a foto salpicada de ícones no computador (ela e Bruno criança, sorrisos escancarados, uma praia ao fundo). Está de bom tamanho. Veste a roupa de ginástica, calça o tênis e agarra a bolsa de lona dada na véspera, com o número do quarto gravado. Certifica-se de que a programação do dia, impressa, esteja dentro da sacola, acrescenta protetor solar e boné. Guarda na gaveta o cardápio de massagens. Não terá tempo para elas, precisa antes se adaptar minimamente à rotina do spa.

Fazer aquilo dar certo.

Bioimpedância. Denise descobre que precisa emagrecer mais quilos do que supunha, segundo o papel impresso por um aparelho cheio de fios e sensores, como em um eletrocardiograma. Os dados serão interpretados pela nutricionista, informa a enfermeira, ou a moça que parece enfermeira graças ao jaleco branco. Denise dirige-se à mesa do café da manhã e constata que não há plaquinhas. Os lugares são livres, um alívio que se transforma em pequena hesitação. Precisa comer rápido, sem as pausas que seriam o certo, para conseguir se unir ao grupo que já desceu ao lago para a caminhada matinal. É a atividade da qual se espera que todo hóspede participe.

No lago, não precisa cumprimentar casualmente Selma, como se nada tivesse acontecido durante a noite. A colega de quarto aproveitou o horário da caminhada para arrumar sua bagagem e partir deixando *beijinhos para todos* com Isabela, que a encontrou em algum lugar próximo à recepção. Contou ter emagrecido 3,2 quilos em dez dias, e Isabela ficou especialmente impressionada. Denise compreenderá depois se tratar de uma cifra considerável para mulheres, mas não incomum para pessoas com muito sobrepeso.

Agora serão, no quarto, só ela e Isabela, a jovem com os olhos iguais aos de Úrsula, a namorada de seu filho que quase foi mãe de seu neto, e ter neto é estranho para uma mulher quase sem rugas como Denise, ninguém poderia negar.

O neto que existiu por pouco foi assim: Bruno admitiu a gravidez um mês depois de não passar no vestibular, quando Vicente já havia lhe prometido um trimestre de estudos no Canadá. Em troca, o filho se comprometeu a frequentar, na volta, um cursinho que com certeza o faria ingressar em alguma faculdade, qualquer faculdade, mesmo particular. Direito ou Relações Internacionais. O menino tem perfil para Relações Internacionais, todos dizem: é bom de relacionamentos, mais do que de estudos. O networking ao longo da vida escolar em um dos melhores colégios do Rio (aos trancos e barrancos, Denise admitia para Lena entre risadas) será valioso. Ao menos ele deixou de considerar profissões como comentarista esportivo e criador de videogames, como se ainda fosse uma criança querendo ser bombeiro.

Filho a gente cria para o mundo, e Bruno com certeza dará conta da tarefa de inserção no "mundo lá fora", ele que adora viajar, que agora está encorpado, que parece mesmo um modelo italiano (especialmente de perfil) e que terá a ajuda financeira proporcionada pela tacada de Vicente com os condomínios de Niterói (se depender da saúde da sogra, tão cedo não haverá a propalada herança de família).

Tudo relativamente resolvido, Denise seria uma mulher que não poderia reclamar da sorte, isso até a namorada de Bruno vir com o problema. Dois anos mais velha, Úrsula cursava Administração em uma faculdade na zona norte da qual Denise nunca ouviu falar. Grávida. De repente, a ideia de se mudarem para o apartamento do Humaitá, que estava prestes a ser entregue pelo inquilino. O golpe da barriga, ela pensou, mas não pôde dizer. Um bebê que jamais seria dela, nem continuação de Bruno, porque teria Úrsula como mãe, e *filho é da mãe, não tem jeito.*

Como foi que aquilo se transformou, tão rapidamente, de problema grave em comemoração familiar, com direito a centenas de parabéns no Facebook, isso lhe fugiu à compreensão. Um dia, as duas famílias estão pesquisando as clínicas de aborto que sobraram, a maioria fechada por causa das denúncias de religiosos e da fiscalização promovida por políticos. No outro dia, os mesmos familiares estão palpitando sobre o nome mais bonito, se for menina, o nome com mais personalidade, se for menino. Denise só fez um aborto na vida, bem pouco se comparado aos números das mulheres de sua geração, e assim mesmo muito tempo atrás, numa fase em que ninguém reparava nela (férias na faculdade), o que facilitou as coisas. Fez e pensou que não fez. Sempre respondeu "não" nas fichas médicas que perguntavam se teve outra gravidez que não a de Bruno.

Mas Úrsula não quis abortar. Porque não queria ir para São Paulo atrás da clínica indicada, e também porque eles se amavam, e ela já tinha pensado em Isabela se fosse menina. Quanto a Bruno, Denise jamais conseguiu decifrar o que se passou na cabeça dele durante aquelas semanas confusas. Lembra-se de ter pensado, sem a paciência de costume, que no fundo ele ainda era o garoto que queria ser comentarista esportivo ou criador de videogames porque gostava do Flamengo e de jogar videogame.

Bruno raciocinou como se o dinheiro economizado com o intercâmbio, que não faria mais, fosse suficiente para criar um bebê – talvez porque estivesse comparando o tipo de sacrifício que iria fazer. Sem dúvida, bastante imaturo para um futuro pai.

Oficialmente, a ideia dos gatos foi de Bruno, para consolar Úrsula depois do aborto. Tinha sido mesmo dramático, já que ela estava de quase quatro meses quando descobriram, durante o ultrassom, a ausência de batimentos cardíacos. Um feto morto, não um bebê. O drama os uniu mais que a gravidez. Denise nunca viu Bruno se importar tanto com uma garota: havia nele uma gentileza comovente, gestos que ela capturava com o canto do olho para pensar neles depois, mesmo que não pensasse.

Só agora Denise se dá conta da coincidência de nomes: a neta, se houvesse neta (nunca perguntou se souberam o sexo do feto sem batimentos), seria Isabela, exatamente o nome da colega que lhe sobrou no quarto do spa Montana. É esta Isabela que a incentiva a ir à aula de hidroginástica na parte da tarde. A atividade é uma das mais animadas, por isso existem dois horários diariamente: às dez e meia da manhã e às três e meia da tarde.

Como ainda faltam quinze minutos para as três horas, e a fome começa a exigir que se distraia, Denise se adianta até a piscina coberta, a alguns metros da casa principal, logo depois da piscina de água gelada. Ainda não há ninguém na piscina térmica, nem o professor, mesmo assim ela ousa entrar. Ou até por causa disso. Quer aproveitar a oportunidade de não precisar abrir o roupão na frente de todo mundo nem precisar descer a escadinha de metal na frente de todos.

A água espessa e tépida envolve primeiro seus tornozelos. Depois, as coxas e as nádegas, e, então, encharca cada centímetro da lycra do maiô preto, um pouco folgado, desgrudando-o da pele, até abraçar todo o seu corpo. Acolhe-a primeiro como um abraço de mãe, uma mãe de colo farto e quente. Sem pensar, como se fosse só o que havia a fazer, Denise afunda a cabeça. Cada um dos fios de seu cabelo ganha vida própria, e as moléculas de água entre eles os ajudam a bailar na superfície do espelho d'água. Espalham-se, dançam e espalham-se de novo. Arrepios de prazer saem dos poros do couro cabeludo, em espasmos leves, seguem pelo pescoço e amolecem cada junta do corpo. Ela semiflutua, o contraste do preto com o branco do corpo, os cabelos como raios de sol.

Quando esteve grávida, Denise sentia com frequência suas juntas moles: os punhos chegavam mesmo a sair do lugar. Descobriu depois que era o corpo afrouxando suas articulações, tornando-as mais flexíveis para facilitar a passagem do bebê no dia do parto. Sentir o corpo assim, tomado pelas forças da natureza, era muito próximo ao que ela experimentava ao deitar-se com Vicente nos anos de namoro.

***

Os vexames que se seguem naquela tarde (incluída a reprimenda pelos cabelos soltos, o que a obriga a subir e depois descer a escadinha na frente de todos, para colocar uma touca emprestada), Denise dá pouca importância a eles. No telefonema noturno, diz a Vicente que está gostando muito do spa, que se sente, afinal, relaxada. Não entra em detalhes, não reclama da insônia na primeira noite. Ele parece aliviado em ouvir a voz mansa da esposa, como nas semanas em que o Efexor funcionava.

Segunda temporada

O wi-fi do quarto é muito bom, Denise não se lembrava disso. Talvez o sinal não fosse tão forte na suíte tripla da Cachinhos Dourados. Dentro da bolsa de lona, apalpa os papéis meio amassados com a programação de atividades físicas e o cardápio de massagens. Dessa vez tem seu próprio dinheiro para fazer a Esalen todo fim de tarde, não precisa perguntar a ninguém. Custa 180 reais. Neste momento, porém, é preciso escolher a segunda atividade da manhã, depois de ter cumprido a caminhada.

Papéis. Catálogos sempre lhe agradaram. Folhear. Escolher o que comprar ou fazer, caso fosse comprar ou fazer. Ver os classificados com apartamentos avarandados, anúncios de cursos nos jornais de bairro, listas de filmes e de lugares para viajar antes de morrer. Não é tão prazeroso escolher pela internet aquilo que acabará não fazendo. O papel dá substância a planos que não serão realizados.

Verdade que agora até poderia realizar algum plano. No entanto, quando lhe ocorre um, ainda pensa no que Vicente falaria, ou se pelo menos a mãe dele aprovaria.

Pena que os cadernos de turismo estão acabando. Em compensação, a tela do celular lhe ofereceu, ontem à noite, uma lista de *filmes tórridos visualmente impressionantes*. Que filmes Bernadete gostaria de ver, que viagens pretende fazer? Precisa parar de pensar em Bernadete, afinal, ela vai embora hoje.

Denise escolhe ir à hidroginástica, e não à academia encontrar o professor. Opta depois de olhar por cinco, talvez dez minutos, a programação. De maiô preto novo e roupão creme, sente-se mais do que nunca uma spaziana. Mas quando experimenta a touca branca, tudo se estraga: mal reconhece, ao espelho, a cabeça pontuda como a de um ET. Decide colocar a touca somente antes de entrar na piscina, onde não há espelhos. Reparou só ontem: quase não há espelhos nas instalações do Montana. Nem mesmo na academia, envidraçada e com vista para a mata. Espelhos não decoram salas ou salões do spa, não duplicam paisagens exuberantes, tampouco papadas, dobras e pneus.

As exceções são o consultório da fisioterapeuta e uma pequena parede da sala de mindfulness, onde acontecem as aulas de meditação, pilates e alongamento. Ambos com iluminação amarela e discreta.

Hoje cedo, durante o café da manhã, quando os lugares à mesa são livres, houve algum espanto por ela beber leite. Só meia xícara, um pedido seu à nutricionista. O fato é que muitos agora tomam suco verde, chás ou café puro. Umas dez pessoas estavam à mesa, e ninguém bebia leite. À porta da cozinha, esperou pela bandeja com leite quente, bem quente, e, à mesa, escolheu não se sentar ao lado de Celso, com quem ainda ontem pretendia simpatizar. Escondeu o leite, entornando café nele o mais depressa possível.

Na noite da véspera (a primeira, mas ela começa a confundir as noites com as da temporada anterior, o que não é bom), após o jantar, no horário em que é necessário assinalar as opções no cardápio do dia seguinte, descobriu um novo código na apresentação dos pratos: entre parênteses, o menu agora é decorado por uma letrinha "L" azul, no caso de terem lactose, e um "G" verde, se tiverem glúten. Já passou da hora de se informar sobre glúten e lactose.

Denise passa pela academia para avisar Gabriel que fará, na parte da tarde, plano para a série de musculação, e não pela manhã, como havia combinado. Resolveu começar pela hidro. Mas não explica o motivo real, sua urgência em usufruir o quanto antes do reencontro com a massa de água morna que envolverá todo o seu corpo. Mesmo que, para isso, precise conviver com respingos alheios, espuma, música estridente, braços se debatendo e outros desconfortos impostos a quem quer ser sociável ou gastar calorias.

Por coerência, procura ser tão sorridente com Gabriel quanto foi na véspera. A academia, reformada, está vazia, embora o som bate-estaca pareça dar movimento ao mar de bicicletas, esteiras e aparelhos de *transport* parados. O professor fica surpreso por sua cortesia de passar lá apenas para avisar que não ficará. Pergunta se quer uma toalha. Ela não compreende bem, mas aceita e segue para a piscina, onde sempre há muitas toalhas. Pendura a toalha no pescoço, como um cachecol, mas logo a retira, sem saber como carregá-la. Anos atrás, quando Bruno era pequeno, foram a um resort na Bahia que controlava com rigor – e comandas assinadas – as toalhas de praia e de piscina. Ela tentava enxugar Bruno cada vez que o menino saía da piscina, mesmo que ele fosse pular na água em seguida: era uma criança que vivia com dor de garganta, podia pegar um resfriado, entrar no antibiótico de novo. Por isso corria para trocar as toalhas molhadas por secas, numa movimentação que Vicente acusava ser superproteção. No spa Montana , porém, ela teria muitas toalhas, secas e desnecessárias, sempre à mão.

No ambiente fechado e aquecido da piscina, a animação é ampliada pela acústica. Há uma novidade no ar: Carmen está de volta, depois de ter passado a noite hospedada no Copacabana Palace, acompanhando amigos provavelmente bolivianos como ela. Carmen tem uma compleição forte, traços indígenas e usa batom escuro apesar do look composto por roupão e chinelos.

Denise soube da existência de Carmen hoje cedo, durante a caminhada ecológica. Eram oito da manhã quando o grupo começou a se reunir na varanda. Alguns senhores ainda liam o jornal, e o sino foi tocado pelo professor de Educação Física que não é Gabriel.

Vislumbrou meios-sorrisos e se sentiu ligeiramente familiarizada com o grupo, como se pertencesse a ele. Sua camiseta de ginástica com tecido dry fit verde (um fosforescente que poderia passar por amarelo) se destacava na paisagem, de uma forma interessante.

Bernadete liderou o pelotão na descida rumo ao lago. Estava com saudades dos filhos, do marido, e feliz pela iminente volta para casa. Tinha emagrecido 1,75 quilo, sem falar nas medidas. *Desinchou legal*. Depois do alongamento e da volta de aquecimento, o professor ordenou uma pequena corrida, tipo trote, até um ponto de curva no lago, e Bernadete disparou junto com Jaqueline, que Denise desconfia ter sido sua principal companhia no spa. Ao final da corrida, à qual nem todos aderiram com a mesma obediência, o grupo ficou dividido em duplas ou trios, dispersos. Denise ficou sozinha.

Sozinho também estava Augusto, que chegou atrasado (depois do café deve ter passado em seu chalé) e caminhava no sentido contrário a todos, movimentando exageradamente os braços. Cumprimentou-o com um sorriso por ele ter lhe dirigido a palavra no almoço da véspera. Nas voltas seguintes, cruzaram-se desviando os olhares.

Foi mais para o final da atividade, quando o cansaço acabou reunindo uma parte do grupo no mesmo compasso, que ouviu falar de Carmen: não, ela ainda não tinha ido embora, assegurou Bernadete. Ia passar o dia no Rio. Imagina que ficaria hospedada no Copacabana Palace. Quem diria, parecia insinuar.

As irmãs Jaqueline e Simone (além de proprietárias de um sítio com dois geradores, a mais velha goza do status de ter sido a primeira mulher balonista do Brasil) se interessaram imediatamente pela hóspede. Foi assim que Denise soube que Carmen é empresária e não tem filhos. Que é mulher de cônsul. As três pareciam arrependidas de não terem lhe dado a devida atenção antes. A conversa do grupo mudou rapidamente, como acontece com frequência entre mulheres, e Bernadete passou a comentar sobre a dificuldade que teria, em casa, para orientar a empregada no preparo de sua dieta. Simone foi direto ao ponto:

As empregadas acham que estamos querendo economizar no óleo, no azeite. Acham pão-durismo colocar só uma colher no refogado. Todas riram, com moderação para não perder o ritmo na caminhada, e Bernadete complementou a observação de Simone com outra história divertida: sua "assistente" cismava de passar todo e qualquer espaguete na manteiga. *Man-tei-ga.*

Denise perdeu as outras histórias de empregadas porque o horário da caminhada tinha acabado oficialmente, e ela pretendia trocar a roupa de ginástica pelo maiô – o corpo pedindo o relaxamento de águas mornas, e não o bate-estaca da academia. Não se despediu de Bernadete. Logo ela pegará a estrada, e Denise a imagina em seu carro importado preto, talvez prata, segura e feliz sob o sol já forte da manhã, voltando ao apartamento com vista espetacular para a Lagoa e ao convívio com os filhos tão amados, cheia de receitas saudáveis para ensinar à assistente não muito esperta, mas dedicada.

Bernadete é quase magra; Carmen, não. Denise se sente magra por causa do maiô novo, e mais velha por efeito da touca de ET. Carmen, que continua rodeada de atenções, não está só de passagem: ela põe a touca e vai fazer a aula de hidroginástica. Anda sempre maquiada, e todos estão acostumados. Precisa compensar com exercícios a comilança do seu "dia off", e conta que na noite anterior tomou vinho. Em compensação, comeu peixe, um cherne realmente muito saboroso. Sidney aproveita para falar dos planos gastronômicos de "chutar o balde" quando sair do spa. É a senha. Aqui em cima, as pessoas falam de comida com voracidade, mais do que seria educado.

Rio, 11 de janeiro de 2013

Primeiro, Denise chorou. Depois observou que estava chorando. E chorou se observando: prestou atenção às lágrimas e aos soluços. Quando o choro se transformou apenas na observação, ela se acalmou e pensou que deveria lavar os cabelos para o enterro.

Naquele primeiro incidente do ano mais tumultuado de sua vida, ela se lembra de ainda haver alguma sensação de controle. Talvez tenha até apreciado a intensidade daquele sofrimento, um sofrimento com motivo.

No banho, que se tornara urgente porque os cabelos estavam com as raízes oleosas, e ela os queria limpos e brilhantes para reencontrar o pessoal do colégio, Denise flagrou-se chorando novamente – embora, sob o chuveiro, não pudesse ter certeza das lágrimas. Havia, sim, uma recordação pungente, despertada pelo ritual automático com o sabonete: a amiga mais popular um dia reparando só nela, em seu corpo enfim desenvolvido.

Naquela época, as meninas temiam ficar meninas para sempre. Algumas, como Denise, acreditavam secretamente que jamais menstruariam: seriam, só elas, uma exceção. Em seu caso, o temor se confundia com desejo.

Aí veio o elogio de Vivi.

Como você está bonita. Depois de falar, a amiga riu, *olha esse corpo*, a ênfase dos olhos e da fala na palavra "corpo". Por sorte, ninguém por perto, ninguém perto o suficiente para ouvir, então Denise deu-se ao luxo de gostar e aceitou o elogio.

Ainda desajeitada no tal corpo, não soube agradecer (provavelmente agradeceu bem baixinho: *brigada*), porém jamais se esqueceria da roupa usada naquele dia: a roupa com potencial para repetir a mágica, a roupa que mal disfarçava os quadris largos desde as férias em Iguaba. A roupa era mais concreta do que o corpo. Na escolha da vestimenta adequada a suas formas, ela se agarraria muitas vezes, depois, tentando reproduzir o truque da aprovação imediata. Mesmo depois de ter profissão, marido, filho crescido e uma pequena crise de meia-idade a ser resolvida em uma temporada (na verdade, três) de spa.

Denise vira as cicatrizes, de muitos pontos, atravessadas no corpo de Vivi. Um rasgo por baixo e as marcas de uma costura malfeita por cima. Não tinha previsto o gesto da amiga de levantar o vestido para mostrar. Mas era bem característico dela. Mostrar e fazer alguma piada. Vivi era popular menos pela beleza do que pela gargalhada imprevista.

Uma lembrança de cicatrizes imensas não se desfaz facilmente, mas o fato é que aquela visão fora há oito anos, tempo suficiente para ela acreditar: a amiga sobrevivera a um câncer. Por isso a sensação de que a notícia viera do nada, de um lugar onde estava apagada aquela visita de despedida. Sim, porque agora se dava conta, iluminando a recordação com um holofote de cirurgião, de que, no dia da visita e da cicatriz, ela se despediu silenciosamente da amiga que iria morrer, afinal ninguém tem câncer grave assim tão jovem. Elas eram jovens, oito anos antes.

No entanto, o tempo passou e houve chopes, aniversários, encontros, tudo voltou à normalidade, e Denise sentiu até vergonha de ter esperado pela morte da amiga. Um dia, a despedida sumiu da memória e ficou estabelecido: Vivi tinha lutado e superado um câncer.

(Por isso a minha surpresa, Vicente. Não estou maluca.)

No entanto, era apenas a vida se disfarçando novamente de vida sem morte. Aquela enganação de que fulano derrotou um câncer, com uma música piegas ao fundo. Ou, ainda, essa moda de falar que câncer é doença crônica. Em que momento a vida se torna uma sobrevida? Ou: quando uma sobrevida, na mão contrária, volta a ser considerada vida? Tudo balela. Vivi estava morta.

O pensamento jazia na amiga e em sua cicatriz, não havia dúvida, mas Denise aproveitou para chorar por outras coisas no chuveiro. Até pouco tempo antes, ela dizia que não podia morrer porque Bruno precisava dela. Agora ele era grande, mais forte do que ela. Os músculos do filho às vezes a assustavam.

Há um momento em que a tristeza pela morte alheia se transforma no pensamento da própria morte. O medo de morrer já está ali por perto, escondido no interior de células defeituosas, em vírus não evitáveis por vacinas, infecções não controladas por antibióticos. Ele contagia os órgãos não vasculhados pelos exames de rotina, resiste aos tratamentos mais avançados, oferecidos pelos melhores planos de saúde. O medo de morrer estaria por trás de todos os choros e soluços ouvidos no enterro.

***

O enterro ainda era o futuro, pois só depois do banho ela saberá os detalhes da cerimônia – na verdade, uma cremação. E a cerimônia será na manhã seguinte, não hoje, como ela imaginava ao correr para lavar os cabelos.

Ao mesmo tempo em que busca informações no computador, as verdadeiras, Denise descobre também que:

Vivi era uma pessoa linda, generosa.

Olhem essa foto! (Vivi é a terceira atrás, à direita, no que hoje seria considerada a "foto divertida" da turma.)

Eu era muito amigo dela: fui ao último chope da turma, você não ("você não" é Denise, interpretando e se culpando).

Fui namorado dela no colégio.

Estudei com ela no primário, mas não me lembro direito do rosto.

70

Ainda por cima, uma pessoa boa. Chega de notícia ruim, 2012 não acaba nunca!

Querida Vivi, não posso ir ao enterro, mas estou com você em pensamento.

Morreu de quê? Ora, ela enfrentava um câncer havia anos, você não sabia? Não era tão amigo assim, está aqui neste post só para tirar casquinha (Denise, interpretando novamente).

Pena que você partiu, Vivi, fique bem aí no andar de cima.

***

No primeiro enterro, o que acontece durante o banho e não é uma cerimônia de cremação, Denise chega amparada por Vicente, e logo é reconhecida. Sim, foram amigas de infância, melhores amigas, todos se lembravam. Os colegas de colégio se reúnem num canto, em um alpendre ao lado da capela, de onde se divisam as árvores baixas e enfileiradas simetricamente nas aleias – os primeiros túmulos ornamentados por estátuas de anjo, cinza porque são de cimento. Ela abraça os amigos homens, que agora têm pequenas rugas e cabelos ligeiramente prateados.

Ela, Denise, não envelhecera. Naquele primeiro enterro, o tempo não tinha passado para ela. Ou melhor, tinha, sim, mas de forma positiva, porque ela não era mais a menina envergonhada e sem graça que demorou a desabrochar. Havia estacionado naquele estágio de balzaquiana, mulher confiante e que sabe cuidar da aparência – com um leve blush. Denise era a mulher que ainda não havia engordado muitos quilos, que abraçava comovida os amigos, enquanto Vicente olhava de longe, paciente.

De repente chega Flávia, a amiga que também mereceria um abraço apertado. A força daquele abraço precipitaria um novo soluçar nela, sincero como o do banho: naquela altura, já saberia quais lembranças acionar para retornar ao primeiro sentimento de perda e catarse. O choro sincero, os abraços, os rostos envelhecidos como em maquiagem de cinema. No entanto, neste momento exato, agora no momento do banho, ela percebe que o enterro é uma cena roubada de um filme, os amigos se reencontrando depois de décadas e de sonhos abandonados, mas repletos de histórias imbricadas que serão devidamente desenvolvidas pelo roteiro.

O enterro do banho é definitivamente um enterro de filme, porque nele o caixão sairá da capela rumo às aleias ladeadas por pinheiros solenes (as pequenas árvores se transformam em pinheiros). Ela estará atrás, numa fileira não muito perto do caixão, mas alinhada com os amigos reconectados pelos afetos da infância, amigos como nunca foram no colégio. Oh, quantos mal--entendidos naquela época! Ela, em marcha displicente, conectada ao passado e amparada pelo marido sempre presente, finalmente é a personagem principal, mas não poderá ser assim porque o enterro não terá um féretro, será uma cremação e o caixão sairá dali dentro de um carro, e ninguém sabe muito bem como acontece uma cremação.

***

O cabelo já estava lavado e hidratado para o enterro, mas a cremação só seria no dia seguinte. Teria que trabalhar na agência pela manhã e fazer a vistoria no carro marcada para a parte da tarde, não tinha mais desculpa.

***

No segundo enterro, o vivido e escrito como definitivo, Denise está abatida porque quase não dormiu à noite. Bebeu uma garrafa inteira de vinho na véspera, revendo episódios de sua série favorita na TV nova de 43 polegadas, sozinha, temendo o reencontro com os amigos. Vicente e Bruno dormem nos quartos. A manhã não nasceu nublada como ela (ou a meteorologia) previra, e se lembrou de alguns versos sobre a petulância de um amanhecer indiferente à morte da pessoa amada. Alguém morreu, e esse alguém é uma mulher singularmente encaixada em seu passado, no passado em que ela fora uma criança sem a compreensão de que viraria adulta. O encaixe é tão perfeito que cimenta recordações díspares em uma única peça de memória, a ponto de esse alguém, essa mulher, parecer ter sido ela própria.

A manhã fica cada vez mais ensolarada e imprópria para a ocasião, e ainda por cima é sábado. É verão, está calor, e ela precisa escolher uma roupa discreta e fresca, lisa, mas não preta. Para ir ao enterro que, na verdade, será uma cremação. Não precisa pensar numa roupa que disfarce os quadris porque ainda não está gorda como ficará no fim do ano, depois dos outros incidentes.

Na cremação vivida (agora se ensaia o real), tudo se resumirá a um velório. O caixão seguirá em um carro para o crematório, do outro lado do cemitério, e o marido da morta será enfático sobre os amigos não precisarem seguir até a cerimônia final, reservada aos familiares próximos. Denise pensa que a vida dele era uma sobrevida, e que talvez agora volte a ser uma vida.

Na cerimônia que ela irá recuperar com a memória, para, enfim, escrevê-la em sua versão definitiva, a imagem da cicatriz será sobreposta à de um rosto muito pequeno e delicado, como o de uma criança, e cinza como os anjos que não estão nas aleias que nunca foram divisadas. Em dois meses, Denise terá a idade de Vivi morta: Denise é de Peixes, mas não consegue se lembrar do signo da amiga.

Sua esperança é que, com o tempo, o rosto cinza sob o tule branco volte a ser acessado apenas por meio do compartimento "morte" do cérebro, que Denise ainda não sabe que revisitará outras vezes neste 2013. Os abraços com os amigos de infância aconteceram, e foram mesmo ternos, mas vão sumir da memória mais rápido do que seria o normal.

Segunda temporada

Precisa caprichar na musculação.

Como se fosse um assunto de vida ou morte, Gabriel escuta Denise circunspecto, observando-a de cima. O professor está em pé; ela, sentada com as coxas radicalmente afastadas pelas pás almofadadas do aparelho. Depois de alguns segundos, declara: *o percentual de gordura dela não pode ser de 41%. Impossível. Ela não deve fazer ideia do que é alguém com um percentual tão elevado, são pessoas que jamais conseguiriam fazer isso aí*, e aponta para a posição esdrúxula que a obriga a fechar as pernas para acionar os músculos adutores. Lady Di estava numa cena assim quando foi flagrada na academia, em foto que viralizou no tempo em que não havia o verbo viralizar, recorda-se Denise.

O exame do qual Gabriel duvida, porque prefere o método que pinça e mede manualmente as dobras de gordura do corpo, é a bioimpedância. Não uma bioimpedância qualquer, mas um novíssimo analisador de composição corporal semelhante a uma balança, no qual o usuário sobe com as pernas afastadas e precisa agarrar com os punhos duas alças, desgrudando os braços do tronco, como se estivesse sendo revistado por um policial. Na primeira vez no spa, a medição foi realizada numa maca, com fios e eletrodos, um método que, além de assustador, era propenso a confundir músculos com a água do corpo. Nos músculos, a corrente elétrica flui bem, sem resistência, o que não acontece quando esbarra na gordura corporal.

Apesar da suposta competência da máquina, Denise precisou fazer o exame em jejum total, inclusive de líquidos, para os resultados serem mais confiáveis. Em circunstâncias como esta, em que se acorda com a boca seca e não se pode beber água, o Montana parece, sim, bastante "médico". Para se livrar rapidamente da sensação, pulou cedo da cama. A caminho do consultório, se surpreendeu com o frio e com um funcionário que aspirava as folhas que ousaram cair durante a noite sobre a sinuosa trilha de pedras aplainadas que corta o jardim. Ele parecia um dedetizador, com seu grande equipamento nas costas.

Acordar cedo surpreendentemente a deixou de bom humor, e agora está orgulhosa da força de seus músculos adutores. São modestos, segundo a bioimpedância, porém firmes, impressionaram Gabriel, e ela se contém para não fazer comentários pouco compreensíveis sobre os nomes engraçados dos músculos das pernas ou sobre as posições impróprias da princesa Diana. Antes, havia feito o exercício inverso chamado de abdução, e ficou pensando nos trocadilhos que Vicente faria sobre ser abduzido, e em como uma piada masculina, apesar de tudo, pode dar leveza ao dia a dia.

No entanto, precisa parar com esses diálogos imaginários com o marido, o ex-marido; isso não faz mais sentido, precisa se concentrar em Lena e nos novos amigos que fará.

O fato é que agora tem alguma coisa à mão: uma proporção inverossímil de massa gorda em relação à massa magra. Não adiantou alegar que nunca foi atlética (até na faculdade conseguiu fugir das aulas de Educação Física), que seu frio crônico já indicava algo incomum em sua composição corporal, que a enfermeira garantiu a eficácia da nova máquina de bioimpedância. Gabriel implica justamente com o aparelho, diz que não acredita nele, que prefere o sistema feito manualmente por pinças que medem a espessura das dobras (os "pneus"). Bioimpedância é bobagem.

***

No jantar, Denise testa seu novo status: *não fui à hidro porque descobri que preciso fazer muitos exercícios de musculação, e não os aeróbicos. Tenho pouquíssimos músculos e um percentual de gordura de 41,6%.* Ela sente as atenções. Como a mulher que, em um jantar da primeira temporada, esperou a mesa encher para revelar que já fora gorda, sim: fazia *três meses da bariátrica*. Ninguém se espantou quando ela contou ter engordado de propósito os últimos cinco quilos para se habilitar ao peso mínimo exigido pela cirurgia.

As pessoas à mesa revelam seus percentuais de gordura. Ninguém chega perto dos seus 41,6%. Carmen não é gorda como aparenta, pois é bastante musculosa. Se fizer muitos exercícios de força, até aumenta de peso na balança, por isso evita a academia. Tem que fazer é atividade aeróbica. De alguma forma, ela substitui na roda Bernadete, que parece ter deixado o spa há um século, e não hoje pela manhã. Carmen aconselha Denise a comer muita proteína, inclusive animal, e não seguir as modas vegetariana e vegana. O assunto agora é o Whey Protein, um suplemento que todo malhador toma no lugar do leite, e Denise pretende tomar coragem e perguntar sobre isso na palestra sobre nutrição, programada para depois do jantar.

Por acaso, escolheu o prato de carne, mas sua porção veio menor que a dos outros. Quem optou pela omelete com alho-poró tem a superfície de louça branca quase toda preenchida (em parte por alfaces decorativas). Está enturmada a ponto de simular um pequeno protesto à garçonete, e alguns acham graça. Jaqueline diz que também foi "roubada" na porção do almoço. Sorrisos nervosos: é mesmo engraçado estarmos passando fome.

Nesta segunda temporada, sente-se alçada ao elenco principal; tem até falas, falas improvisadas, não é figurante. Os tempos dos incidentes e do descontrole estão ficando para trás: eis o poder curativo e milenar dos spas.

A chegada de novos hóspedes na casa é confirmada pelas plaquinhas dispostas em todos os vinte lugares, e também por outra mesa lateral preparada para o jantar, ainda vazia. Torce para que sejam mais jovens e frequentem a academia. No entanto, quem aparece primeiro é um casal com mais de 60 anos, ele de moletom verde, ela com o rosto reluzente grudado à blusa branca de gola alta. Os seios parecem enormes, mas Denise sabe ser o efeito da roupa clara, justa e sem decote. De onde está, não consegue ler os respectivos nomes.

O advogado Celso, novamente em uma das cabeceiras, se levanta e pede licença para ver o telejornal. Continua com ares de anfitrião, mas está sério e ligeiramente distraído esta noite. É acompanhado por outro hóspede recém-chegado no deslocamento à sala de TV. Ele se chama Reginaldo, sem sobrenome (talvez por seu nome ser comprido). Está empolgado com a informação dada por Celso sobre a prisão de mais um empresário por corrupção.

Carmen pergunta se ela vai à Divino Corpo amanhã. *Como? Não conhece ainda a Divino Corpo?* Jaqueline dá uma gargalhada, e conta que descobriu a loja no primeiro dia de spa. É muito urbana, ao contrário da aventureira irmã Simone (que hoje mostrou uma foto de perfil no celular dela saltando de asa-delta na Pedra Bonita). Por isso, tratou de descobrir que tipo de comércio há no vilarejo. A Divino Corpo vende tops, leggings e biquínis excepcionalmente baratos. As duas pretendem ir à loja no dia seguinte à tarde, e Carmen também quer fazer arvorismo, oferecido somente às quartas-feiras, não dá para perder porque é uma experiência que ajuda a enfrentar os obstáculos da vida.

Denise afirma que também irá à atividade, como se já tivesse decidido antes.

As mulheres continuam à mesa, os homens já estão na sala de TV. Quando se levanta para preparar um chá, Denise ouve Reginaldo indignado com a cobertura da imprensa, que não informou o tamanho nem qualquer detalhe sobre a cela em que o empresário corrupto foi encarcerado. Está dividindo espaço com outros presos ou tendo mordomias? Ele comenta alto, na expectativa de que outros se interessem pelo assunto, mas Celso, que na véspera tinha feito um discurso indignado sobre os políticos ladrões que dominam o Brasil, está mais interessado no restante do noticiário.

Reginaldo resmunga, sem plateia, que precisamos passar o Brasil a limpo.

Carmen acompanha Denise no chá. Diz que os brasileiros deveriam ter muito orgulho do que estão vivendo, porque em seu país os corruptos nunca são presos. Admite conhecer pouco os detalhes da política nacional: só não entende como o ex-presidente corrupto ainda não foi preso. Parece sinceramente confusa a respeito. É complicado, Denise responde. Por força do hábito, aprendeu a fugir desse tipo de assunto. Seu pesadelo secreto é descobrir Vicente envolvido em algo ilícito, o que explicaria sua generosidade na partilha de bens, os apartamentos de Copacabana e do Humaitá só para ela.

Mas não quer perder a atenção de Carmen, que agora desabafa sobre outro estranhamento em relação ao Brasil, mais especificamente ao Rio de Janeiro: por que são as favelas que ocupam as encostas, e não restaurantes panorâmicos e pontos turísticos? Denise responde com uma pergunta: como ela fala português tão bem? O elogio foi treinado nos tempos em que recebia grupos de franceses no Galeão, nos primeiros anos da agência. Enquanto Carmen responde, Denise decide ser mais carnívora, para ganhar musculatura e ficar mais forte, embora seja mulher. Poderia se tornar uma mulher vigorosa e consistente, como Carmen com suas costas largas.

Rio, 5 de abril de 2013

Como a biópsia fora marcada para uma sexta-feira, Denise fez a conta e descobriu que seriam exatamente doze semanas depois da morte de Vivi. Era um exame fácil de agendar, a terceira opção do menu telefônico do laboratório – só perdia para tomografia e ressonância magnética. Um exame importante, devidamente coberto pelo plano de saúde.

Depois de ler "Bi-Rads 4" no laudo da mamografia e pesquisar que o resultado significava a necessidade de biópsia, sua primeira reação foi ligar para a mãe, que se mostrou categórica: ninguém tem câncer na nossa família. A frase, no entanto, soou um pouco ridícula quando a repetiu, seis dias depois, na consulta com o mastologista. Um dos melhores mastologistas do Rio de Janeiro, e ela parecendo uma ignorante.

Com a afirmação da mãe rebatida pelo médico (nem todo câncer é genético), e o pedido de biópsia na bolsa,

Denise saiu do consultório com as mãos entrelaçadas às de Vicente, e assim elas permaneceram no elevador. Depois que ele foi trabalhar, ela começou a ver os sinais e ligar os pontos: o susto de Lena com aquele laudo (nem era um nódulo, por que a amiga ficou tão espantada?), o neto a caminho vindo do nada (do útero de Úrsula, na verdade), as demissões na agência (o gato subiu no telhado, dizia Vicente) e o rosto cinza de Vivi sob o tule, imagem que havia grudado em sua mente como uma espécie de pano de fundo de sua própria vida.

Ela ia morrer.

Depois de chorar um pouco, o que não fazia desde o velório de Vivi, concluiu que não se importaria tanto em morrer, desde que pudesse ficar olhando e zelando pelo que aconteceria no mundo sem a sua presença. Uma pós-vida, num limbo ou purgatório, um lugar do qual assistiria à vida sem precisar participar. Da poltrona, observaria tudo com um sorriso nos lábios, como fazia na cena de casamento da novela ou no desfile das escolas de samba. Estava acostumada a se alegrar com a alegria alheia. Era suficiente. Pensou num tipo de negociação com uma entidade superior: prometia não se intrometer (não gostava mesmo de ser protagonista); só não queria sair totalmente do jogo. Sempre havia um sofá num lugar escuro da festa para espiar as pessoas dançando, sem precisar ir embora cedo. A curiosidade pela vida deveria morrer antes da morte, o que não era o seu caso, então ela não precisava morrer totalmente.

Além disso, seria um drama para Bruno perder a mãe tão jovem. Um drama, não, uma tragédia para um rapaz que às vezes ainda parecia criança, tendo que enfrentar um enterro que ela não conseguiria sequer planejar antes nem comparar depois o imaginado com o vivido.

Em compensação, Vicente, ele a valorizaria como nunca.

Nesse exato ponto, Denise percebeu não acreditar tanto assim no resultado positivo da biópsia (*ninguém tem câncer na nossa família*). Nem que o suposto tumor pudesse aumentar implacavelmente, imune à quimioterapia, e se alastrar em incontroláveis metástases. Naquele começo de 2013, os pensamentos ruins passavam logo.

Restou, então, o desconforto de pensar em coisas práticas: agendar a biópsia que não daria em nada (somente uma chateação), pensar em um "plano B" caso a agência de viagens fechasse mesmo, alugar um apartamento relativamente barato para Bruno morar com Úrsula.

E ainda teria que interpretar a reação exagerada de Lena.

Maria Helena Mendes Soares era a única amiga que se interessava por seus insignificantes dramas domésticos. As futricas na agência não geravam perguntas, até a deixavam impaciente. Mas a ameaça de um câncer, isso a impressionaria. Em vez de conversar pelo celular, como sempre faziam (o celular só tocava quando era Lena; Bruno e Vicente mandavam mensagens), Denise a convidou para um café com bolo ("acariocada", Lena vinha de uma tradicional família mineira, adorava um cafezinho).

Como sempre, Lena chegou antes do horário marcado e já havia tomado o primeiro café, sozinha. Denise sentou-se de costas para as mesas do salão e de frente para a amiga, ela emoldurada por um painel de madeira clara. Sempre se sentavam dessa forma nos grandes ambientes, Lena gostava de ver a decoração e comandar o garçom. A amiga usava um xale muito florido com fundo preto, provavelmente espanhol, que combinava com os cabelos avermelhados por tintura recente, e não a decepcionou no quesito "lhe dar atenção". De forma até sôfrega, depois de assustar-se com a notícia da mamografia suspeita, disparou perguntas médicas sobre ela e sua família.

O seu pai morreu de quê? Posso te acompanhar na biópsia? Você faria um exame genético para saber sua tendência ao câncer ou prefere nem saber? Faria mastectomia preventiva, que nem a Angelina Jolie?

Denise não tinha se preparado com pesquisas e pensamentos prévios para essa conversa e se viu respondendo de maneira caótica, coagida como se estivesse num desses programas de entrevistas na TV, o close no rosto lavado:

Agora um bate-bola: Uma cor? Quem levaria para uma ilha deserta? Do que seu pai morreu?

O pai de Denise havia morrido de infarto; nada a ver com câncer. Ela achava terrível o que Angelina Jolie fizera, um excesso típico das celebridades. Não faria exame genético porque *ninguém* tinha câncer na sua família.

Só o que não aconteceu durante aquele encontro foi o gesto de carinho previsto por Denise para a ocasião, em que a amiga – não a amiga de infância morta, mas a melhor amiga da maturidade – lhe pegaria a mão e diria *querida, vai ficar tudo bem*. Na despedida, um abraço cálido.

Lena estava mais agitada do que de costume (talvez já tivesse tomado dois cafés), mas não adiantaria perguntar se estava com algum problema pessoal. Ela descartaria o "assunto pessoal" franzindo o rosto e diria frases lacônicas como "É aquela correria de sempre". Ou "Deu tudo certo", como resumira uma súbita viagem de dez dias a Nova York alguns meses antes (Denise telefonou com o propósito de convidá-la para um café naquela tarde e a resposta foi *estou em Nova York*). Sobre o passado da amiga, que Denise imaginava repleto de histórias de mulher-mais-velha-que-se-tornou-emancipada, a resposta costumava ser: "Você sabe: fui a garota que se casou cedo por amor, se separou do marido que comia a secretária e deu a volta por cima. Minha vida é um clichê."

Não, Denise não sabia de nada dela, mas às vezes pescava informações no ar. Entre as coisas interessantes, estava o fato de Lena ter muitos amigos gays, inclusive artistas, e de já ter experimentado drogas variadas. Quando tivesse 60 anos, Denise gostaria de ser livre e confiante como a amiga, que se lixava para o que os outros pensavam.

***

Na sexta-feira da biópsia, Denise preferiu ir acompanhada do marido, e não de Lena. Vicente havia sido tão prestativo no mastologista (nem se importara com o preço da consulta) que ela chegou a pensar: não precisava morrer para ele valorizá-la.

Depois, contou a Lena todos os detalhes. Exibiu o curativo (como Vivi fizera com a cicatriz) e ficou um pouco constrangida com um comentário da amiga sobre os seus seios. Como um dever de casa, passou a observar com rigor o processo de cicatrização, e também seus próprios pensamentos, para poder contar tudo nos telefonemas com Lena. O resultado da biópsia demorava quinze dias úteis, e os relatos foram diários. Lena se interessou especialmente pela questão das cores, talvez por ter sido pintora (ela também havia ilustrado o próprio livro, um livro de poesia que costumava carregar na bolsa para distribuir, ainda embalado em plástico).

O procedimento, chamado mamotomia, consistia na sucção, feita por uma agulha grossa, da área revelada como suspeita, que, no seu caso, ficava em uma camada profunda e sensível do seio direito. Tivera o tremendo impacto de deixar rastros variados de sangue, por baixo da pele clara e virgem de sol de uma mulher que jamais pensou em fazer topless (ao contrário de Lena, claro).

O mastologista garantiu não ter havido uma barbeiragem por parte da profissional que inserira a agulha, como ela cogitou ao sinal das primeiras nuances: as tais microcalcificações suspeitas estavam em um lugar de difícil acesso. Para alcançá-las, a agulha precisou ultrapassar capilares que se romperam e aspergiram, pelos tecidos da região, ao capricho da sorte, o sangue que circulava em seu corpo naquela sexta-feira, uma sexta-feira em que estava muito viva, corada por causa de seu sangue vermelho, e não cinza como Vivi.

Era só um hematoma, não uma hemorragia interna, não ia fazer drama. Nem ficara tão dolorido quanto sugeriam as cores.

Os primeiros tons, já interessantes, apenas indicavam o extravasar aleatório do sangue. O lugar da dor (ela precisou dormir virada para o outro lado por uma semana), curiosamente não era o mais avermelhado. Dia após dia, foram surgindo, como se fossem atravessar a tez fina, novos componentes sanguíneos, formados pelo processo de absorção dos tecidos. Biliverdina e bilirrubina, pesquisou. Diferentemente das cores de uma pintura, as cores de um hematoma obedecem a uma ordem pouco previsível, sem preocupações estéticas.

Mas Lena parecia enxergar algum tipo de beleza naquilo.

Sua amiga soube em uma tarde, por exemplo, que os rajados roxos e verdes, vibrantes na véspera, começavam a abrir espaços para um amarelado triste na parte central. Já houvera um azul titubeante e um vermelho que poderia estar na paleta de um pôr do sol. O roxo tinha sido vermelho e, antes, preto. Sim, preto, ela reparou, intrigada, e pôde garantir à amiga. Lena afirmou que existem muitos tons de preto, como dizemos do branco, de suas variações só vistas pelos esquimós. Repetimos sobre os brancos indistinguíveis à nossa percepção abrutalhada das cores, citamos os esquimós, mas não pensamos o mesmo do preto.

O pensamento em um preto fosco e definitivo, com poder de arrastar e ao mesmo tempo apaziguar para sempre, isso ela precisou evitar naqueles dias.

Ajudava ouvir a voz de Lena ao telefone. Desligava, memorizava as palavras dela e se concentrava nas cores mais alegres quando fechava os olhos para dormir. Numa noite em que o sono chegou antes do habitual, quase subitamente, sonhou que existia uma paleta de cores individualizada, que variava de acordo com o tipo sanguíneo, a genética, a exposição ao sol, a quantidade de amigos. Mutações dos genes BRCA combinadas com RH negativo produziriam tons mais esverdeados nos tecidos encharcados de sangue, por exemplo. Nesta paleta exclusiva, um novo vermelho poderia ser patenteado e gerar uma fortuna se fosse comercializado. No sonho, um vermelho-sangue ia parar em uma linha de lingerie rendada, daquelas que se usam quando se é uma namorada, não uma esposa, e havia na cena uma mulher vestida com a lingerie, sutiã e calcinha, uma mulher sem rosto. Um sonho comprido, detalhado, e ela não costumava se lembrar de tantos pormenores dos sonhos.

Quando o resultado da biópsia saiu, negativo, as cores já tinham ido embora. As vibrantes e as sombrias. Denise acreditou que tudo voltaria a ser como antes.

No primeiro dia em que tudo seria como antes, ela espremeu muitas laranjas antes mesmo de o marido e o filho acordarem, encheu a jarra e colocou na mesa preparada para o café da manhã. Achou natural comemorar a notícia, mais tarde, com Lena. Ririam das cores.

Nunca a amiga a convidara para um vinho, ou uísque, programa que deveria fazer com seus amigos artistas e intelectuais. Encontraram-se em outra cafeteria, no Leblon. Dessa vez, os cabelos de Lena se confundiam com a parede de tijolinhos avermelhados por trás da mesa. Dessa vez, o contraste vinha de uma nova armação de óculos, preta, e Lena ficou muito satisfeita em repassar toda a história do câncer que Denise quase teve. Ninguém lhe dava tanta atenção como Lena.

Segunda temporada

O corpo todo dói, não é bom ter um corpo. Ainda na cama, aos primeiros movimentos, sente latejar as panturrilhas e os tríceps. Pelo menos teve um sono pesado, fruto do clima fresco e do cansaço; não tinha tomado nada na véspera. Outra explicação: a cortina blecaute perfeita, um daqueles detalhes caros aos hóspedes frequentes do Montana.

Denise se vê arrancada do sono pelo toque do telefone. Se não quiser ser acordada, é preciso avisar à portaria – já sabia, mas esqueceu. Depois de um sono profundo, há o risco de se acordar em suspensão de tempo e de lugar, um existir em estado bruto, quase animal. Por instantes, ser a pessoa que se seria caso não houvesse uma rotina a cumprir. Aquela sensação, ela não a terá em seu terceiro dia de spa, pois há uma programação, está inclusive impressa em papel e guardada em uma bolsa de lona. Tudo muito palpável.

Desce as escadas de madeira apoiando-se no corrimão para suavizar a dor nas pernas. Sem dúvida, exagerou na musculação. Ser uma mulher forte como Carmen não é fácil. O braço que realmente dói é o esquerdo. A grande mesa da sala está bagunçada, com as louças sujas dos hóspedes mais matutinos, como se os garçons tivessem faltado ao trabalho. Mas não há restos de pão, nenhum pedaço de presunto esquecido, um farelo de bolo ressecado no prato, um único dedo de suco de laranja no fundo de um copo. Uma sujeira diferente da de um bufê de hotel.

Bruno costumava raspar o molho do prato com o dedinho, e Denise o censurava com ternura; que ele pelo menos evitasse o gesto na frente de visitas.

Os poucos hóspedes que ainda olham suas louças vazias, embora atrasados para a caminhada, não parecem ter pressa. Querem conversar. Como se fosse numa refeição principal, Celso, à cabeceira, desabafa o discurso que não fez na véspera, na sala de TV. Ele conhece o pai do empresário preso por corrupção, sabe que se trata de uma família muito séria, de empreendedores. O problema é que o empresariado brasileiro é extorquido por todos os lados, políticos e governo. Um exemplo? O pai do preso, um homem que sempre apostou no Brasil, correu todos os riscos para montar um negócio de mineração muito importante, para desenvolver o país e gerar empregos. Quando estava tudo pronto, precisou pagar 20 milhões ao Ibama.

Não fica claro se a despesa imprevista foi multa ambiental ou propina – uma palavra que Denise não se lembrava de existir e que agora não sai do noticiário. As pessoas falavam "suborno", e não propina, mas pode ser uma dessas confusões entre a linguagem adotada no Rio e a de São Paulo. Gírias paulistas são cada vez mais adotadas, isso ela já percebeu nas conversas dos jovens. Sempre presta atenção às conversas dos jovens, tão livres e descompromissadas.

Reginaldo já está de pé, dirigindo-se à varanda, mas volta ao restaurante para ouvir Celso. Em vez de discordar, pois ontem se dizia o mais indignado de todos com os empresários corruptos, ele se solidariza com o advogado:

Vou lhe dizer (a fala pausada e nordestina)*: tenho um porto. Certa vez, um deputado me pediu 12 milhões. Não paguei.*

Nunca pagou por nada e acabou arrolado como testemunha de defesa de outro político, um senador preso (já solto). Seu advogado o aconselhou a não falar nada sobre nada. A mulher de Reginaldo, inclusive, fica sozinha por alguns dias no spa enquanto ele desce ao Rio para depor na Polícia Federal. A esposa conta que fez um peeling radical com laser há pouco tempo – na melhor clínica do Rio. Carmen elogia o resultado, e a mulher revela já ter feito no mesmo local "uma correção nos olhos". Não pode pegar sol, tem muita tendência a manchas. Mesmo a iluminação interna é prejudicial, como a da sala onde estão agora, que precisa da luz acesa por causa dos móveis pesados de madeira. Por isso ela reaplica camadas e mais camadas de protetor solar, por isso o rosto brilhante, por isso as blusas claras de gola alta que aumentam o tamanho do busto (isto já é conclusão de Denise, não ela falando).

Em sua primeira caminhada ecológica, a mulher do dono do porto machuca o tornozelo e o professor pede um carrinho elétrico para levá-la à enfermaria. Denise caminha ao lado de Carmen, que, como ela, ignora os comandos de pequenas corridas dados pelo professor. Ao cruzarem com Augusto, de novo no sentido inverso do grupo, Carmen comenta ter ficado sem graça no café da manhã quando a nova hóspede citou a clínica concorrente. Denise não compreende e ela explica: ora, uma clínica é concorrente da outra. Augusto é filho do cirurgião plástico mais famoso do Brasil, aliás, cara de um focinho do outro.

Denise entende agora a sensação de familiaridade. O filho vive nas colunas sociais, sua foto aparece nas revistas do cabeleireiro, sem falar que há alguns anos atropelou um pedreiro na estrada, e então descobriu-se que costumava dirigir embriagado. *Um playboy*, pensa e não fala, mas sente a irritação brotar do jeito de antigamente, daquele jeito que a fazia falar sozinha em público e só se dar conta depois, depois de um tempo que ela não conseguia estimar quanto tempo durara.

Quer parar, pensa em simular uma pequena torção que não precise de carrinho elétrico, dar um jeito de se confundir com os demais integrantes do grupo. O importante nessas horas é identificar e controlar a situação. Nada de se flagrar esquisita, com todos olhando em volta.

Identificar: nos últimos anos de colégio, a leitura de alguns livros induziu-a àquela confusão. Livros filosóficos e políticos demais, encontrados na estante de casa, que a fizeram experimentar algum sentimento de superioridade em relação aos "filhinhos de papai". Faziam a inveja desaparecer. Mas, no lugar dela, vinha a irritação. Um dia, como tinha de ser, a rebeldia deu lugar à constatação de que não conseguia evitar fingir ser um deles. Quando fingia, *era* um deles. Era sem ser. Fingir ser é uma espécie de opção de quem *não nasceu em berço de ouro*, mas se beneficia *daquele jogo*. Gostar de estar no jogo, este é o problema. Ou a solução. As coisas são como são, e ela jamais seria algum tipo de liderança para mudar as coisas.

Controlar a situação: ser discreta e continuar pertencendo ao grupo, mesmo que não seja *exatamente* um deles.

Decide não fazer aula de hidro nem de alongamento: antes do almoço precisa pesquisar sobre os hóspedes do spa, pelo menos aqueles com sobrenome na plaquinha. Quer checar as informações sobre Augusto e se situar. Pesquisar. Quando tem dificuldades para acessar as fofocas sobre o acidente que envolveu o imperador romano, filho do cirurgião plástico, desconfia dos tais serviços de "limpeza de imagem" na internet. Será?

Nada disso. É que, na verdade, foi o irmão mais novo de Augusto quem atropelou o pedreiro: o hóspede que anda na contramão trabalha com afinco na parte administrativa da clínica famosa, embora tenha um pequeno escândalo no currículo: promoveu uma festa de núpcias espetacular na Itália, e o casamento só durou seis meses. Não é o playboy inconsequente da família.

Melhor assim.

Precisa ficar minimamente atualizada em relação ao noticiário político, que tem sido o assunto no café da manhã. Ler as manchetes. Saber de que forma *não* se posicionar, mostrando-se sensibilizada e indignada na medida certa. Os homens, em especial os maridos, sempre leem o jornal antes ou depois do café da manhã, então agora ele já deve estar na varanda, engruvinhado, as folhas fora de lugar.

Não está. Ou melhor, só os classificados estão sobre a mesa de vime. Pergunta ao recepcionista de trancinhas pelo jornal. *Ah, sempre some. Os hóspedes levam para o quarto, fazer o quê.* Imediatamente desconfia de Celso. Não consegue sentir empatia por ele mesmo sabendo que perdeu um filho. Está sentada numa poltrona de vime com almofadas estampadas e percebe como os móveis da varanda são antiquados. Não *vintage*, não clássicos, como os da biblioteca ou da sala da lareira. Antiquados mesmo.

O suco energético do meio da manhã é de melão com maçã, e Denise não sabe como o garçom consegue localizá-la ali na varanda, longe do grupo e das atividades em andamento. Ele precisa encontrar todos os hóspedes, em qualquer lugar que estejam, *porque aqui em cima somos cuidados o tempo todo.* O sorriso do rapaz é sereno – um rapazote – e ela fica feliz em se sentir cuidada, porque agora é ela mesma quem banca, não Vicente. O dinheiro dela, a vida dela, só dela, pro bem e pro mal. Apesar disso, seria bom encontrar um trabalho, caso o dinheiro não seja tanto assim.

Primeira temporada

A morte de Vivi, a biópsia no seio, enfim, os incidentes de 2013 (não à toa o ano passado terminava em 13), Denise não cogita contar nada disso para seus novos amigos do spa. A conversa fiada, planejada para se adaptar àquele ambiente, deve ser leve. Especialmente com a jovem que, por enquanto, é sua única interlocutora. Isabella, que, descobriu pela plaquinha nas refeições, tem dois "l"s no nome, certamente não pensa em morte nem em câncer, afinal, tem 20 e poucos anos. Muito menos falará sobre o aborto de Úrsula, apesar da coincidência de a colega de quarto ter o mesmo nome que a neta teria, se tivesse vingado. A nora teria colocado dois "l"s no nome da neta?

Já o acidente de carro com Lena, esse assunto de alguma forma foi desengavetado pela consulta na fisioterapia.

A memória dele emergiu não em sua mente, mas do corpo torto que tenta se manter simétrico abaixando o ombro e o quadril direitos, imaginando a visão que se tem dele "por fora". Por dentro, sente-se inclinada. Ao caminhar de uma atividade a outra, pelos jardins que circundam a sede do spa, precisa estar mais atenta a si mesma do que o de costume. A bolsa de lona, apoiada no ombro direito, ajuda a lembrar-se de mantê-lo mais baixo: a sensação final é a de tentar esconder um aleijão que ninguém vê. Um sentimento levemente familiar.

O ombro abaixado é o mesmo no qual começou a sentir fisgadas semanas depois do acidente, obrigando-a à fisioterapia. Ele havia se projetado com o impacto da batida, apesar do cinto de segurança, ou por causa dele – cada um falava uma coisa. Denise, entretanto, precisa separar os assuntos: a dor do acidente não tem qualquer relação com a escoliose recém-descoberta. Apenas uma coincidência; coincidências existem.

Então, Denise abre a guarda com Isabella, a ponto de mencionar algo íntimo como o acidente. Também porque, depois daquela primeira e única noite com Selma no quarto, mais precisamente com ela trancada no banheiro da suíte tripla, nenhuma outra hóspede ocupou sua vaga. Ela e Isabella sentem-se gratas pela sorte e cúmplices nessa gratidão.

A experiência já é a de estar há muitos dias no Montana e de ter conseguido estabelecer uma espécie de equilíbrio entre sacrifícios e prazeres: o sono à noite induzido pelo relaxante muscular, devidamente justificado pelo excesso de atividades físicas; as escapadas à tarde para a piscina quente, quando não há ninguém lá. Até a fome se tornou uma espécie de orgulho.

É nesse estágio calmo de sua primeira experiência de spa, quando os telefonemas para Vicente tornam-se cada vez mais rápidos, que Denise tem a oportunidade de engrenar o papo com a jovem colega de quarto. Como se fossem amigas. As duas gostam de ficar na varanda depois do jantar, e não no quarto esperando a ceia, uma fruta assada com canela e entregue ainda quente em papel-alumínio. É muito bom abrir a porta da suíte e sentir o perfume da especiaria quente, os dois pratinhos sobre cada uma das mesinhas de cabeceira. Como se fosse a sopinha esfriando na casa dos três ursos. Como se fosse um mimo inesperado do Montana.

Alguns hóspedes jogam bingo em uma das salas de estar quando Isabella menciona, na varanda, seu vício em celular (ela está sempre procurando o melhor sinal), e que certa vez fez um cartaz em que estava escrito "Saímos do Facebook". Era mentira, se diverte a companheira de quarto.

Denise tinha visto aquela manifestação na avenida Paulista, pela televisão. Mas assistiu em câmera lenta.

Isabella agora acha engraçado ter feito o cartaz porque nunca saiu da rede social, nem no dia daquele evento. De qualquer forma, gostaria de reduzir as horas gastas no celular, um verdadeiro vício, especialmente o

Instagram, que considera muito nocivo ao seu processo de emagrecimento. *Toda hora alguém posta um prato de comida, é um inferno.*

É quando Denise menciona: *vi essas manifestações em câmera lenta porque estava tomando Tylex.* Precisa explicar: pela televisão, tudo lhe pareceu enevoado, como se aquilo acontecesse em outro país, mas a culpa era do analgésico, receitado porque uma costela quebrada dá direito a uma droga potente, que pode até ser à base de codeína, e codeína, você sabe, depois se transforma em morfina. Nesse ponto, Denise para de falar em substâncias derivadas do ópio para não deixar Isabella com a sensação de que também é uma viciada e que cada um tem um tipo de vício.

Isabella se interessa pelo acidente, já que conhece bem a Rio-Santos e também costuma ir a Paraty – só que a partir de São Paulo, não do Rio. Estrada perigosíssima. Denise explica prontamente que Lena, a amiga que dirigia, não teve culpa: um carro atravessou subitamente a pista. Veja que azar, a primeira vez que viaja sem marido nem filho e vai parar no hospital. Sem conseguir respirar.

Junho, continua, foi um mês esquisito, vivido como uma espécie de irrealidade, porque também soube que seu filho ia ter um filho, o que significava que ela seria avó, uma avó que assiste na TV a jovens segurando cartazes com demandas infantis e que não entende a nova geração nem os novos tipos de manifestação. Como aquelas em que as garotas mostram os seios para protestar.

Denise não tem mais certeza da impressão que está causando em Úrsula, quer dizer, em Isabella. Apesar disso decide, ali na varanda, assumir um papel mais conservador, afinal é uma mulher de quase 50 anos de idade. Isabella, no entanto, também acha exagerado tirar a roupa para protestar. Não há necessidade de uma coisa dessas.

O fato é que, talvez por causa da dosagem às vezes dobrada do analgésico, tudo pareceu distorcido e distante na primeira semana depois do acidente. Ao mesmo tempo em que experimentava a sensação de se desligar do próprio corpo, se transportava para as cenas do festival de dança em Paraty, pretexto da viagem sem a família. Tinha ficado impressionada com os amigos artistas de Lena, especialmente com uma apresentação de dança do ventre: a sensualidade agressiva de um corpo feminino se deformando com a música sinuosa.

Durante aquele fim de semana, esquecia por horas a notícia da gravidez de Úrsula. Mesmo quando se lembrava, tentava pensar: agora poderei fazer viagens como esta, e não me preocupar tanto; a família da moça que se vire com a criança.

Logo depois do acidente – do susto, do impacto, da falta de ar, do castigo –, e mesmo antes do analgésico, tudo começou a ficar nublado. Denise se lembra, em flashes, de que ambas, Lena e ela, foram levadas pela ambulância do Corpo de Bombeiros para um hospital em Angra. Um tipo de amnésia traumática, ela pesquisou depois.

Quer dizer que você vai ser avó? Isabella espera o chá esfriar (como alguém toma chá *frio*?), e, pelo visto, não está prestando atenção em nada. Denise repete que o bebê não vingou, que o único problema que restou foi o do apartamento desalugado, ainda por cima com dois gatos dentro.

Para garantir o controle daquela conversa, Denise desvia o assunto para o futuro brilhante que aguarda Bruno, agora que ele se livrou do problema e vai investir em uma carreira mais internacional. O menino deu azar na redação do vestibular (um tema politicamente correto que não dominava) e não passou para Direito, faculdade muito concorrida desde as cotas. Mas há males que vêm para o bem. Graças ao sufoco que o fez adiar o intercâmbio (e desperdiçar um ano da vida, como disse Vicente), ele está mais maduro agora, e pretende cursar Relações Internacionais.

É a hora de Isabella surpreendê-la na conversa (uma conversa, não um relato, Denise tenta se adaptar): não quer ter filhos. Fala isso tranquilamente. Também tem planos de viajar pelo mundo, como Bruno, e trabalhar em ONGs, não no mercado corporativo. Isabella recomenda *demais* para o filho de Denise que faça a faculdade na PUC de São Paulo, onde ela cursa o último ano justamente em Relações Internacionais. Vejam só. Outra informação relevante: o mestrado, isso é bom fazer fora do país.

Quem passasse a caminho do bingo veria duas amigas conversando e apreciando seus chás, servidos em porcelana decorada com motivos florais. Mas a jovem recorda-se de que Denise é agente de viagens, quer dicas, e Denise precisa contar que, na verdade, sua agência fechou em setembro. Depois acrescenta que tem planos de fazer um blog sobre turismo interno no Brasil, um segmento em alta por causa da subida do dólar. Um blog? Isabella acha o máximo (talvez tenha dito "maneiro").

A caminho do quarto para dormir, Denise nota de longe os dois abajures acesos na biblioteca. Na primeira tarde no spa, tomou a iniciativa de apagar as luzes imaginando o esquecimento dos funcionários. Depois percebeu: eram sempre ligados novamente. Com o dia claro. Passou a evitar passar por ali, para não ter aquele pequeno incômodo desnecessário.

Segunda temporada

Mais um homem chega ao spa. É diferente da primeira temporada, quando todos os hóspedes eram mulheres ou casais e apenas um homem havia se destacado.

Raul é um homem de marketing, como Sidney. Não parece herdeiro nem empresário, então deve ser alguém que trabalha e tem um bom salário. O rosto quadrado se encaixa direto no corpo redondo, como em um desafio geométrico. Ele conta uma história na varanda, enquanto os outros homens disputam o primeiro caderno do jornal (qual será a notícia?) e as mulheres esperam pela pesagem diária, opcional fora dos dias de entrada e de saída do spa.

Um dia, ele conta, sua amiga Malu disse *vocês não vão acreditar em quem mora na Cracolândia*. Na verdade, ela não disse, teclou para todos do grupo do colégio. Era o Pimentão. Acabado, desdentado, mas o próprio. Logo Raul se lembrou do menino tão branco, mas tão branco,

109

que corava por qualquer coisa, as bochechas vermelhas pelo esforço na aula de Educação Física ou por causa das piadas sobre ser apaixonado por Francine. Pimentão não tinha a menor chance com Francine. Mas repetiu a oitava série, e quando chegou ao segundo grau era mais velho do que os outros, um pouco misterioso, virou roqueiro, ou punk, e por isso impunha respeito na turma.

Nesta fase do respeito, Raul já havia perdido o contato com ele. O Eduardo de Souza e Silva Pinto que ele conheceu continuava sendo o Pimentão do ginásio. E foi naquelas memórias bucólicas da infância que buscou embasar seu plano de marketing para salvar Dudu Pimentão, incluindo no nome o "Dudu", que descobriu ser o apelido do Pimentão na família, segundo a reportagem sobre a Cracolândia.

Malu, a primeira a reconhecer Pimentão no vídeo, ficou emocionada com a ideia de Raul. Os dois já haviam trabalhado juntos em uma multinacional de cosméticos. Ela interrompeu a carreira para ter os filhos que sorriam no lugar dela na foto do WhatsApp e agora era designer de joias, uma profissão sem o estresse do trabalho como executiva (Denise aqui mistura a Malu de Raul com a história de outra Malu, do seu próprio colégio). Raul continuou subindo nas hierarquias corporativas depois de dois casamentos desfeitos (não menciona filhos), e a habilidade para unir comunicação e tecnologia garantia que a trajetória dele estivesse longe da aposentadoria. Uma pessoa conectada, expressão que utiliza duas vezes enquanto conta a história de Dudu Pimentão.

Quando lancei a campanha #SomosTodosdaMesmaTurma, os amigos se reconectaram numa rede de solidariedade tipo Criança Esperança. A mobilização foi facilitada pelo espanto que a notícia causava em seus contemporâneos, como assim, o colega das bochechas vermelhas, ou da cabeleira de hippie (a recordação dependia de o contato ter sido no primeiro ou no segundo grau), tinha se tornado um mendigo drogado? Uma pessoa inteligente e cheia de sonhos, a vida toda pela frente, embora tenha repetido um ou dois anos e fosse considerado um tanto disperso pelos professores.

Jaqueline, focada em balançar sem trégua o saquinho de chá de hibisco na xícara, o interrompe: ela se lembra do caso. Viu nos jornais! O rapaz tinha até doutorado! Era ruivo, irmão da maluca que mandou matar os pais e virou celebridade na prisão. Não, não é a mesma pessoa, este aí foi outro, e Denise observa a pouca paciência de Raul com a hóspede. Ele está embalado, quer dar detalhes da campanha de crowdfunding, uma corrente do bem que engajou um grupo considerável de ex-alunos dos colégios mais tradicionais da zona sul, por onde Pimentão circulava em saraus nos tempos de roqueiro, ou de punk.

Aqueles do grupo com experiência em trabalho voluntário (Malu havia participado de um programa na África, destaque em seu currículo de executiva, já que poucos brasileiros se dedicam à responsabilidade social, não é nossa cultura) foram à Cracolândia, vestidos com jeans e camiseta, e, por fim, localizaram o amigo.

A meta do crowdfunding era ambiciosa, pois os membros do grupo Somos Todos da Mesma Turma escolheram a clínica especializada em dependência química de Araras para um tratamento de seis meses. Seriam necessários cem mil reais. Mas quando os amigos colocaram em suas redes sociais a foto de Dudu Pimentão na Cracolândia, abraçado aos amigos de infância, numa selfie tirada por Raul, as contribuições dispararam.

Denise se lembra da história, a história de verdade. A foto no jornal. Sim, eles conseguiram destaque na mídia impressa graças à qualidade do material audiovisual: na fotografia, todos exibiam uma profusão de dentes. Menos Dudu, que sorria apenas com os olhos apertados e ainda assim azuis, em meio à cabeleira e à barba grisalhas. Um dos motivos que levaram o vídeo a sensibilizar tanta gente foi a sinceridade do mendigo: tomava banho a cada dez dias e não escovava os dentes remanescentes havia oito anos. Citava Marx e Raul Seixas, divertido, como se ainda estivesse no colégio.

A segunda foto, que mostraria Dudu barbeado, com o sorriso ainda de boca fechada, esta segunda foto na clínica de Araras não deu tempo de ser tirada. Justamente quando Raul precisou cuidar de um job na Califórnia para seu maior cliente, e estava prestes a embarcar de São Francisco para Nova York, chegou a notícia do óbito. Teve que compartilhar com os amigos aquela tristeza, vejam só. Todos conectados, numa grande cadeia positiva, e agora o projeto de resgate do amigo restrito à primeira foto (Denise concluiu que não era uma foto boa, os sorrisos muito exagerados, como se tentassem persuadir os lábios do colega sem dentes).

Em seu post, Raul lembrou que ao menos Dudu morreu com dignidade, reconhecido pelos colegas, não como um indigente. Sem falar que os integrantes do grupo puderam sair da apatia de suas vidas e se lembrar da importância de ter um propósito. Malu chorou muito, e, depois de um comentário quase poético no post de Raul, percebeu a importância de dar o próprio depoimento, ela que foi amiga de Francine, a paixão de Dudu no ginásio. Foram dezenas de curtidas. Francine não chegou a se pronunciar no Facebook, mas muitos comentários se seguiram ao de Malu, elogiando a iniciativa de Raul e tentando tirá-lo da melancolia, que bobagem aquele sentimento de culpa que ele postou no primeiro dia.

Por sorte, Raul estava on-line no dia do óbito, pois era um voo com wi-fi, comodidade que só existe nos Estados Unidos, e imediatamente propôs reverter a quantia já arrecadada para os parentes de Dudu. Mas depois se lembrou de que a família Souza e Silva, da mãe, tinha posses – alguém do grupo chegou a contatá-los na época, para ouvir da sobrinha que o tio Eduardo tinha escolhido seu destino, depois de tantos esforços da mãe para tirá-lo das ruas. Raul cogitou, então, ajudar o programa de recuperação de dependentes químicos da prefeitura, mas dessa vez nem compartilhou a ideia pois soube do imbróglio político em torno da questão, o pessoal da esquerda contra as internações compulsórias. Como detesta política, Raul teve, inclusive, a preocupação em deixar claro, nas postagens de arrecadação, que Dudu Pimentão havia concordado em se tratar na clínica, reconhecidamente uma das melhores do país.

Jaqueline interrompe Raul várias vezes, mas ele não perde o fio da meada e retoma de onde parou. Ela observa que os voos com wi-fi já existem há anos, e chegaram, sim, ao Brasil. Nota que a clínica, realmente famosíssima, está a poucos quilômetros do spa, olha a coincidência. Denise imagina se a clínica teria uma varanda parecida com aquela, cadeiras de vime e estofados de tecido náutico com estampa verde, ou se seria tudo branco.

Como estava fora do país, Raul só conseguiu ir à missa de sétimo dia. Malu acabou ficando com a tarefa de informar nas redes sociais os detalhes do enterro de Pimentão, o menino esperto e cheio de vida, mas que não tinha mesmo muitas chances, já que heroína e crack são vícios sem volta.

Assim que retorna ao quarto, Denise encontra o vídeo que tornou o mendigo Pimentão famoso antes de sua morte, o vídeo no qual citava Marx e Raul Seixas. Poderia ser um assunto para fisgar a atenção de Bruno, que gosta (gostava?) de Raul Seixas e que não respondeu à sua última mensagem na semana passada. Decide enviar o link para o filho, sem esperar resposta, sem esperar nada, como tem sido ultimamente.

Filhos batem as asas, filhos seguram o casamento, filhos, é melhor tê-los para sabê-los, filho a gente cria para o mundo, e o seu filho apenas voou mais cedo do que acontece na nossa cultura no Brasil (diferentemente dos Estados Unidos ou da Europa). Bruno talvez tenha apresentado Raul Seixas a amigos estrangeiros, como fazia Dudu em sua pregação na Cracolândia. Pelo menos seu filho deu certo na vida, tem foco, o que significa que ela foi uma mãe que cumpriu seu papel, pelo menos o papel de mãe de menino, de rapaz que será homem, e que bom que a pera assada já chegou ao quarto, quentinha, antes que ela possa pensar de novo em como seria a vida se tivesse sido mãe de um bebê que não deixaria de ser carinhoso e grudento, porque esse bebê um dia seria uma menina, seria uma mulher como ela, mas diferente dela.

Primeira temporada

Uma fatia da Classic Cheesecake do Outback tem 991 calorias, embora isso não seja informado no cardápio do restaurante. Denise aceitou se submeter a uma dieta de 800 calorias por dia no Montana. A recomendação foi da nutricionista, depois de se certificar de que a prioridade da hóspede é o emagrecimento. Se houver dificuldades em seguir o programa, ou seja, suportar as porções ínfimas, os pratos de porcelana mais decorados do que ocupados, poderá ser acrescentada uma fatia de queijo na hora da ceia, ou uma quantidade um pouco maior de proteína no almoço. Para isso, será necessário procurar a nutricionista de plantão, que enviará a nova orientação para a equipe da cozinha, e tudo será muito ágil, descomplicado, mas não para Denise, que prefere seguir à risca programas preestabelecidos.

Depois de descobrir as tabelas de calorias na internet, Denise fez os cálculos sobre o que de fato deve ter acontecido em setembro, o mês da demissão. E em outubro e novembro. Talvez ainda em dezembro, que, por ser o "mês de festas", fez a nova rotina parecer "natural". De frente para a TV, com Vicente já dormindo no quarto do casal, Bruno com Úrsula no apartamento do Humaitá, ela não precisando mais acordar cedo porque estava desempregada, talvez em algumas daquelas noites Denise tenha ingerido o mesmo número de calorias estimado para toda aquela semana no spa.

Começava (ou terminava) assim: não tinha fome quando acordava ou mesmo na hora do almoço. Acabava ficando a tarde sem comer, absorta com problemas domésticos que não pareciam existir quando trabalhava fora. A máquina de lavar deu para "sujar" as roupas, deixar resíduos escuros grudados nas fibras das toalhas felpudas, talvez por culpa do amaciante, e ela poderia ficar horas pinçando com as unhas as pequenas crostas ignoradas pela empregada.

Ocupou-se também com a retomada dos planos do intercâmbio de Bruno, depois do aborto de Úrsula. Denise já tinha feito a pesquisa no início do ano, as opções na Austrália, no Canadá e na Nova Zelândia, na época em que o filho não passou no vestibular, mais difícil hoje do que quando ela passou sem estudar para o curso de Assistência Social, profissão que nunca exerceu, não de forma remunerada. Era natural que ficasse responsável por uma tarefa que envolvesse viagem, sendo ela uma pessoa que escreve – escrevia – na ficha do hotel, ou do spa, *profissão: agente de viagens.*

O tempo voava nos afazeres da tarde, mas quando Vicente chegava em casa, ela não sabia responder exatamente com o que se ocupara tanto, e *por que aquela cara, pelo visto precisava arrumar "logo" um trabalho.* Não sabia do tempo, mas sabia da fome, porque à noite a fome era feroz como se houvesse um crocodilo na sala, o vazio no estômago depois do dia todo quase sem comer. Como o hábito do jantar com o marido era frugal, uma sopa ou um lanche saudável, ela o esperava dormir para "compensar".

Prolongar o deleite da primeira mordida em um bolo quentinho ou da primeira colherada do sorvete que derrete na boca, manter o prazer inicial de comer quando se está com muita fome, nem sempre isso é fácil. A fome tudo autoriza (como dizem das drogas que levam jovens zumbis a roubar e vender as relíquias empoeiradas das famílias), mas o embalo para continuar a tarefa exige criatividade. Depois de um pacote inteiro de biscoitos, precisava voltar a ingerir alguma comida salgada para não ficar enjoada, talvez um bife à milanesa frio na geladeira, um bife que no dia seguinte iria para o lixo de qualquer forma. Se o filme na TV fosse uma comédia romântica como as da *Sessão da Tarde*, no dia seguinte ela nem conseguiria se lembrar do momento exato em que abriu a lata de leite condensado.

Uma vez, vendo um filme chamado *Melancolia*, Denise pensou no que faria se o mundo fosse acabar. Qual seria a sua última e inconsequente experiência. Por causa de uma conversa com Lena sobre drogas, em que a amiga garantiu que substâncias psicodélicas podem levar os mais descrentes a conexões espirituais, ela pensou que, no caso, gostaria de experimentar alguma dessas drogas que não são vendidas na farmácia. Algo além da maconha, mais tossida do que fumada na juventude. Mas não queria correr o risco de uma "bad trip" com psicodélicos, então decidiu ali, entre uma colherada e outra de leite condensado, que a sua droga do fim do mundo seria a heroína.

Além do nome interessante, a droga prometia um prazer tão intenso que os viciados se destruíam tentando reaver a experiência inicial – nunca repetida. Parecia perfeito para a véspera do fim.

Da mesma forma, o bolo de chocolate com calda quente só era esplendoroso na primeira ou na segunda garfada: na última, era o fingimento de um prazer, ainda mais depois do bife à milanesa frio e do biscoito recheado. Se o planeta Melancolia estivesse se aproximando da Terra, de forma previsível como no filme, teria que cronometrar todo o processo, o bolo de chocolate ou a heroína no tempo certo, isso depois de conseguir se transportar a um lugar idílico onde não seria descartada depois de vinte anos de dedicação ao trabalho, sem entusiasmo, mas também sem faltas, mesmo quando o filho era pequeno, porque ela sempre dava um jeito de cuidar de tudo, não ficava doente, e tirava férias picadas para não se acostumarem sem ela na agência.

Não, Denise não tinha virado *carta fora do baralho,* como sugeriam os olhares condescendentes de Vicente e Bruno, sempre apressados para compromissos sem ela. Agora, no entanto, era uma pessoa determinada, que conseguia comer apenas 800 calorias diárias. Voltaria a ser necessária, magra e razoavelmente bem-sucedida e bem conservada. No próximo encontro com os colegas do colégio, todos se surpreenderiam em ver como se mantinha jovial e atualizada. Tomara que não fosse um enterro.

Talvez conseguisse até apimentar o sexo com Vicente se voltasse a se sentir um pouco bonita. Ele ficaria mais em casa nos fins de semana. Não seria, por certo, como nos tempos das risadas, nos meses em que decidiram juntos engravidar, e transar muito, sem horário, *vamos fazer um bebê*. Denise via Isabella conversar naquele tom com o namorado pelo celular. Ela acendia um cigarro, falava *oi, amore* e saía caminhando pelo jardim, com um sorriso malicioso.

Depois de tantos dias no spa, Denise pode dizer que gosta de Isabella. Ou pelo menos simpatiza, como no fundo também simpatiza com Úrsula, apesar daquele jeito egoísta demais para uma mulher. Não é difícil gostar de pessoas desconhecidas, quando se está relaxada o suficiente. Nos últimos anos, com o entra e sai de funcionários na agência, só se sentia confortável na companhia de Lena, além do marido e do filho, claro.

No entanto, naquela noite, a penúltima no spa, entre acostumada e inebriada pela fome, se sente confiante a ponto de repreender mentalmente a amiga pela mensagem repassada ao celular: "O que uma mulher deve fazer se for jogada no porta-malas de um carro." Seria algum tipo de denúncia feminista, aquele texto? Pois a Denise parecia apenas uma mensagem de mau gosto. Arrepende-se de ter contado ontem, tim-tim por tim-tim, toda a rotina do spa para ela. Em vez de um comentário pertinente, vem aquela mensagem distraída e repassada, sabe-se lá de onde.

Segunda temporada

A gentileza dos funcionários, apontada por Celso como um diferencial do treinamento da nova gestão no Montana, cada dia comove mais Denise. *Como você está hoje?*, pergunta com um sorriso a massoterapeuta Josislane (Josi), e Denise se constrange por ficar com os olhos embaçados. Todos os empregados, inclusive os homens, aqui parecem mulheres.

Conseguiu marcar a massagem para o fim da tarde, apesar de os horários estarem mais disputados com a chegada de novos spazianos. Melhor ainda, Josi aceita trocar a sessão agendada com o Esalen, que ajuda na musculatura, pela massagem relaxante com pedras quentes. Ninguém mais faz massagem relaxante: a sensação agora é o Reaction, aparelho que dissolve a gordura das células e reduz medidas. Custa 360 reais, e até a esposa do dono do porto achou caro.

No entanto, Denise precisa de algo quente e acolhe-dor depois dos movimentos em suspenso daquela tarde. Fez o arvorismo para nunca mais fazer. Fez por causa de Carmen, e não entende bem por que fez por causa de Carmen, aquela mulher de braços fortes que entra e sai do spa cheia de sacolas. Como prêmio, a nova amiga tirou uma foto sua apropriada para as redes sociais, o corpo atravessado por faixas pretas, a cabeça coroada com um capacete laranja, o clique justo no momento em que pensava em desistir, no meio do percurso. O palavrão saído de sua boca como se fosse de outra boca, a gargalhada de Carmen, a foto. Agora, olhando a tela do celular, não sabe para quem enviar a imagem verde salpicada de raios de sol. Ela colorida e estupefata, como se tivesse sido uma boa aventura.

Desde que cogitou escrever um blog, Denise sabe que, agora, as histórias precisam de fotos. Demorou a perceber a importância das imagens, nunca foi muito ligada à tecnologia (isso era coisa de Vicente) nem a redes sociais (isso é coisa de Bruno). Na infância de Bruno, chegou a montar alguns álbuns das férias em família, talvez muitos: as fotos eram reveladas e selecionadas, bastava jogar fora as defeituosas, ainda havia algum controle. Da própria infância, quase não havia registros, e, quando uma foto sua brotava de uma caixa, ela mal podia acreditar ter sido aquela criança bochechuda.

Poderia enviar a fotografia tirada por Carmen a Lena (as duas bem poderiam ser amigas). Ela achará alguma peculiaridade ou metáfora para aquilo, sua nova vida depois da tempestade; afinal, o arvorismo ensina a superar obstáculos como ninho vazio e divórcio, o que fazer depois de se tornar livre, independente e sozinha.

Mas é a solidão de Verônica que não lhe sai da cabeça, uma solidão diferente da sua, de mulher que ao menos sabe dar ordens aos empregados. Aposentada e investidora na bolsa, Verônica está pela décima vez no spa, mas sempre sofre de preocupação com o cachorro, um jack russell terrier deixado no melhor hotel canino do Rio, em Jacarepaguá.

No almoço, Denise foi alocada a uma mesa menor, ao lado da sala principal, onde uma disputa em torno de viagens exóticas já tinha vencedor: Augusto César contava como papai levou para sua ilha particular um sapo gigante de Fernando de Noronha. Verônica chegou com movimentos lentos e não pareceu incomodada ao perceber que as duas almoçariam juntas, sem mais ninguém à volta. Ao contrário. Talvez conhecesse a lógica na distribuição das plaquinhas com os nomes dos hóspedes às refeições, talvez uma funcionária gentil estivesse promovendo a amizade.

Como nos tempos do colégio, Denise não precisou responder nada, apenas ficou ouvindo. Verônica tinha 65 anos, "fez o rosto" aos 53 e pretendia fazer um retoque em breve, algo como um grampo duplo debaixo do queixo. *O peito, ah, o peito foi feito pelo Pitombo, concorrente daquele ali*, apontou Augusto com o queixo, e em seguida abaixou o decote a ponto de Denise ver o bico do seio esquerdo.

Era um bico rosado, surpreendente em uma mulher bronzeada. Esse tipo de intimidade une imediatamente as mulheres aqui em cima. Entre as dicas sobre o spa dadas por Verônica (que a considera caloura, não uma veterana), está a de não saber o número de calorias diárias da própria dieta e se pesar de costas na balança do dr. Rodolfo. *Só sei o resultado no final, mas me peso todos os dias. De costas.* A filha mora em Los Angeles e o filho no México, ela mencionou quando Denise conseguiu contar que Bruno mora no Canadá. Ela não se alongou sobre os filhos, apenas suas mãos tremeram mais, os olhos perdidos por um segundo.

Mas Verônica não vai ser sua amiga. Nem Carmen. Seriam, nos tempos do colégio, a Denise ouvinte e mansa, grata pela oportunidade. Sem os homens que ajudou a criar (raciocina como se também tivesse criado Vicente, cuidando do marido enquanto ele fazia o "pé--de-meia" que os homens devem fazer quando não são de família realmente rica), ela não voltou a ser uma adolescente fascinada por mulheres decididas, decididas porque eram lindas e perfeitas, decididas porque tinham sobrenomes sonoros. Ter criado homens não fez dela uma mulher decidida. Não ainda. Quem sabe será quando completar o ciclo, quando voltar para a última temporada?

Na primeira, havia uma decisão a ser tomada (só descobriu no final, sempre é preciso esperar pelo final), mas o saldo desta segunda temporada ainda parece nebuloso. A sensação de flutuação não ajuda.

A pretensão de uma solidão povoada, talvez essa ideia não dê certo. Ou talvez seja só a fome, porque deixou de tomar o suco energético (o funcionário gentil não teria como encontrá-la, de calcinha, dentro da sala da massagem), porque não consegue relaxar tanto assim na massagem relaxante, apesar do suave calor das pedras lisas enfileiradas em sua coluna vertebral. Pensar nisso depois do jantar, anotar no caderninho quando chegar ao quarto (esquecer a importância das imagens, por enquanto).

***

É uma fome boa, a que experimenta ao sentar-se à mesa grande do jantar. Fome de quem teve força de vontade e sabe que não vai extrapolar. De quem não vai *chutar o balde, enfiar o pé na jaca, tirar a barriga da miséria.* Denise está orgulhosa e não tem sequer palavras exatas para aquela satisfação, que é exatamente o contrário da ressaca por ter comido demais. O objetivo oficial desta temporada é emagrecer dois quilos, e isso provavelmente será alcançado. Talvez seja só isso mesmo. Sem significados.

Entretanto, há um desconforto no ar. Mais especificamente, na mesa pequena em que ela almoçou com Verônica mais cedo. Um jovem negro está no final do prato de sopa, a cabeça baixa, ao lado da mulher que, com certeza, é sua mãe. Ele deve ter o dobro do peso dela. A altivez da mulher de alguma forma combina com a cristaleira que é a única peça de mobília (além da mesa e das cadeiras) naquele recuo do ambiente principal onde acontecem as refeições. Combina e não combina. Denise nunca tinha visto uma pessoa negra sentada à mesa no Montana.

Mais pessoas acomodam-se em seus lugares e ninguém é destinado à mesa onde estão em silêncio mãe e filho. Mas Denise, de onde está, avista um prato sobressalente com plaquinha. Sente uma espécie de excitação, aquela curiosidade que tinha quando era jovem. O próximo capítulo, a vida se revelando aos poucos, a uma distância segura.

Quem acaba sentando ali, quando o rapaz negro já está na sobremesa, é a mulher que torceu o tornozelo pela manhã, cujo marido é dono de um porto e desceu ao Rio para tratar de negócios. À mesa principal, nenhuma conversa engrena, por isso é possível ouvir, do recuo, a voz da mãe altiva, afinal. O sotaque é português. De alguma forma, o mal-estar de Denise se desfaz. Uma estrangeira. As coisas continuam como sempre foram, desde o colégio, e quem diz diferente é porque fala muito e escuta pouco. Denise sempre escutou muito.

Projeto de livro

Título: Nós aqui em cima (Rogério achou fraco)

Personagem central: Marise

Outros personagens: marido, filho (mudar para filha?), melhor amiga

Ambientação principal: spa de luxo na serra fluminense

O tempo: atual, o Brasil mostra a tua cara (Cazuza, epígrafe)

Conflito: mulher na crise da meia-idade, superficial como são as personagens de Katherine Mansfield, se depara com o abandono ao enfrentar a doença (70% dos companheiros abandonam as mulheres em casos de câncer de mama)

Estrutura: fragmentada, não cronológica

Narrador: onisciente ou falsa primeira pessoa

Último dia da primeira temporada

O contratado é ficar sete dias dentro do spa. Qualquer coisa diferente disso não está proibida, mas também não está prevista, e Denise só costuma sair do esperado quando lhe ocorre uma boa justificativa para si mesma. Por isso, quando aceita o convite masculino para prolongar a caminhada pós-almoço além dos muros do Montana, mal se reconhece. Ou melhor, vislumbra aquela Denise das poucas estripulias permitidas por compromissos profissionais, como quando viajou por seis dias para receber um grupo de franceses em Manaus, ela e o dono da agência. Bruno só tinha 3 anos, e as noites foram todas dela.

Humberto é atarracado, tem um rosto firme e lhe pareceu, desde que o viu de relance, ao mesmo tempo deslocado e arrogante. Com aquela confiança dos homens, algo que apareceu em Bruno lá pelos 13 anos. Como descem a colina lado a lado, e fazem as apresentações de modo casual, Denise se sente espontânea quando concorda com o *vamos aproveitar o embalo*. A caminhada light está programada para acelerar o metabolismo após as refeições, não para queimas calóricas agressivas, por isso tem um ar de passeio, e de repente Denise se percebe passeando ao lado de um homem que não é Vicente nem é ninguém. Uma pequena excitação nasce em um lugar próximo ao de onde costuma nascer a fome.

Na volta ao quarto, tudo se dilui. Consegue se reconhecer novamente nas roupas discretas penduradas na sua parte do armário, nos cosméticos nacionais da gaveta, na diferença de idade com Isabella, ela, sim, uma jovem que poderia se sentir atraída por um homem apenas por ser homem. Mesmo assim, no banho, imagina-se contando o caso que teve no spa para Lena, que pediria detalhes, mas nessa parte Denise não consegue imaginar os detalhes, como se lhe faltassem imagens eróticas na memória recente. As poucas tentativas de olhar pornografia na internet, como uma mulher liberada, ficaram para trás depois que soube que históricos de pesquisas podem ser rastreados.

Denise *sabe* que não vai ter um caso. Nem imagina como se começa algo assim. Mas flertar, para se sentir bonita e aceitável, não é novidade para ela. Já fez antes, sabe os limites para atitudes desse tipo. Antes de descer para o jantar, o último jantar no spa, passa um batom quase vermelho. Sábado é dia de música ao vivo, está escrito na programação, e o batom é justificável.

Quando se tem dúvidas sobre a ousadia da própria aparência, é providencial observar como estão vestidas as mulheres à volta, intuir como será vista por elas. Em última análise, como seria vista pelos homens que observam as mulheres que sabem ficar atraentes. Até os homens mais desligados, como Vicente, reparam em mulheres bonitas, eles não conseguem evitar, mesmo que a esposa esteja exatamente ao lado deles.

Mas quem estará lá embaixo é Humberto, e quem está no quarto se arrumando com ela para o jantar é Isabella. Denise observa os sapatos abrutalhados da companheira de quarto, na cor verde militar (nova moda?), praticamente coturnos, as pernas de fora, e quase leva um susto quando se depara com o rosto maquiado. Delineados, os olhos verdes de Isabella não se parecem com os de Úrsula, como havia pensado. Na verdade, são iguais aos de um gato encurralado.

***

Vim, tanta areia andei, da lua cheia eu sei. Rodinha de violão no colégio. Agora eu era herói e meu cavalo só falava inglês, a noiva do caubói era você além das outras três. Os versos decorados com rigor a tornavam útil, até imprescindível, no instante em que a letra faltava na roda, então ela preenchia o vácuo, em geral um menino ao violão. Eu enfrentava os batalhões, os alemães e seus canhões.

Seu pai não tocava instrumentos, mas ouvia no toca-fitas as músicas que ela repetia sem parar até entender sobre o que falavam. Amor; às vezes, política. Daquela confusão de significados emanava um enlevo romântico no qual até hoje se flagra envolvida, quando uma canção toca no carro. Chico era melhor do que Caetano, dizia o pai. Ela ouvia os comentários e as músicas, os adultos na sala, a infância oficialmente sem irmãos até ela saber do meio-irmão em outra cidade. Quando Denise era a única a saber a letra de cor, o menino do violão a notava, tocava só para ela, a impressão de que algo explosivo (como um beijo) estava prestes a acontecer em sua vida.

Quando avista Humberto, Denise se sobressalta. Ela está cantando alto. Muito alto, ridiculamente alto; pensará nisso por dias. Uma empolgação desmedida para aquele pequeno show (teclado e violão) na sala anexa à do jantar, os hóspedes chegando aos poucos, curiosos, e ela agindo como uma adolescente prestes a desabrochar, o desabrochar das letras de música e não o embaraçoso da vida real, porque com ele logo surge a vontade de conhecer alguém como Vicente e resolver de forma prática aquela inquietação de corpo jovem.

Mas Humberto lhe sorri, e a vergonha é substituída pelo pensamento de que já deve estar sem batom, sempre se esquece de retocar o batom depois da refeição. Se Vicente não tivesse feito o que fez com os gatos, nada disso estaria acontecendo, não precisava ser de novo a noiva do caubói e andar nua por aí, como uma garota.

O garçom traz drinques enfeitados com miniguarda-
-chuvas, e todos ficam extasiados com as calorias fora
de hora, uma travessura consentida. Sem álcool, claro,
mas drinques: para celebrar, para achar que tudo deu
certo nesta temporada, para fazer tim-tim em direção
a Humberto, que continua sorrindo, talvez por educação, talvez não, e ela nem vai precisar entabular uma
conversa porque o momento é de ouvir e de cantar,
cantar baixo e não gritando, ainda mais ela, que nunca
fez aula de canto e que, provavelmente, não é afinada
como deveria.

***

"Você soube o que aconteceu?" Não, Denise sempre foi
a última a saber. Vem treinando para melhorar isso. Só
agora lembra que algum assunto mobilizou as conversas
durante o jantar, enquanto ela tentava pousar os talheres
na mesa e afastava o pensamento sobre delineadores
pretos serem capazes de desenhar olhares felinos. É
Humberto sentando-se a seu lado e puxando assunto.

Denise primeiro finge atenção imaginando ser um
tema banal, mas logo percebe a necessidade de um esforço, compreender do que se trata, não apenas reagir
concordando ou sorrindo. Precisa ir além da observação
daqueles lábios brilhantes (lambuzados do drinque?),
ter as reações certas e fazer as perguntas certas, estar
presente de verdade naquela cena, a cena em que o mú-

sico interrompe o show para consertar o amplificador e um homem cochicha ao seu ouvido.

Não era pouca coisa, o acontecido. Um objeto não identificado caiu do céu no fim da tarde, danificando parte do telhado da academia. Por sorte, não machucou ninguém, embora a academia já estivesse fechada e os hóspedes nem circulem por ali durante o horário indicado para tomar banho e se preparar para o jantar.

Aço. Cerca de 5 quilos. Forma anelar, como uma grande rosca, com uns 30 centímetros de diâmetro. Um tanto deteriorado, com partes derretidas, provavelmente por causa do aquecimento severo que ocorre durante a reentrada no planeta, porque com certeza se trata de um detrito espacial, o fragmento de uma aeronave ou um satélite que explodiu. Agora não são só os lábios que parecem engordurados, mas também os olhos de Humberto brilham com um desses assuntos que fazem os homens vibrar.

Detrito espacial, mas também pode ser uma peça de um avião, não de um foguete. A música que volta a tocar diz *foi por medo de avião que segurei pela primeira vez a tua mão*. Denise está feliz por se lembrar da letra, as rimas fáceis ajudam a memória. Coisas caem do céu, se você estiver fora de casa. Pena que ela volta pra casa amanhã.

Talvez comente com Lena sobre aquele incidente inusitado (a peça caída do céu, não o flerte no jantar). Vicente já deve ter lido sobre a chuva de detritos espaciais observada naquela semana em vários pontos do estado do Rio de Janeiro, deve mesmo estar empolgado com o assunto, embora ela já não se enterneça tanto quando o marido age como criança. Ao contrário, surge até uma irritação, a má vontade recorrente depois do episódio dos gatos, ela que sempre foi tão cheia de paciência, e que agora não consegue evitar olhar para os lados, à espera do próximo assunto. Talvez devesse olhar para cima, porque a irritação parece também cair do céu, implacável, fazendo tudo desmoronar.

Último dia da segunda temporada

Seu momento de maior prazer, hoje, será o de fazer as unhas. Pé e mão. Quer deixar o spa amanhã com a sensação de estar limpa. Ontem, fez esfoliação no corpo todo, as células mortas da pele devidamente removidas, potencializando a hidratação subsequente. Além da fome boa, Denise usufrui agora da pele lisa, macia como a de um bebê, com a vida toda pela frente.

Só faltam as unhas.

Sua mãe sempre teve unhas fortes e bem-feitas (por ela mesma). Lena ora está com as unhas ruídas, ora aparece com esmaltes escuros, mas isso é típico dela. Nesta manhã, Denise procura prestar atenção à cor usada pelas hóspedes, mas muitas estão apenas com base fortalecedora (casco de cavalo?), ou sem nada. As mãos descuidadas porque a hora é de cuidar dos excessos mais óbvios do corpo, celulites e dobras, a barriga-avental, os culotes avantajados, a papada.

No café da manhã, conseguiu se desvencilhar de Verônica, que tentava dar continuidade à conversa sobre cirurgias plásticas. Aparentemente, havia se esquecido de comentar ontem sobre a plástica íntima, conhecida como ninfoplastia, que fez no ano passado por ter hipertrofia de pequenos lábios. Denise conseguiu cortar a conversa, alegando que precisava ir ao quarto antes da caminhada, já estava atrasada. Minilifting, sobre isso ainda fazia sentido ela se informar; plástica íntima, não.

A caminhada matinal começa a se parecer com as de outros dias, a mesma de décadas, como se a vida sempre tivesse sido daquele jeito. Ela se concentra no próprio fôlego, tenta se manter junto ao grupo principal, e logo Augusto cruza na direção contrária. O professor novamente ordena pequenos "tiros", trotes para quem não tem problemas nos joelhos, e a maioria o ignora. Há um cansaço no ar.

Agora todos se reúnem em torno das mesinhas externas cobertas por ombrelones, onde é oferecido o "petisco da manhã". Palitos de cenoura crua e tomates cereja podem ser comidos à vontade. As gelatinas, servidas em copinhos descartáveis onde Denise tomava café nos tempos da agência, colorem as bandejas de inox de verde, vermelho e amarelo. No caso delas, o limite é de dois potinhos por pessoa, Denise se vê explicando a um casal que chegou ontem ao Montana.

Os dois são psicólogos especializados em coaching, têm um canal no YouTube e passaram a manhã fazendo reuniões on-line. Vão participar de poucas atividades por causa do trabalho, ossos do ofício. Simpáticos e assertivos, explicam ao grupo a especialização deles em uma nova linha de neurolinguística. *Sabe qual é o maior medo do ser humano? Não é de cobra, não é de avião: é de falar em público.* Para executivos, o casal ensina técnicas com resultados rápidos. Visualizações. Por exemplo, imaginar que todos na plateia estão defecando. Se houver algum embaraço com este comando, ele pode ser substituído pela imagem de que todos estão peidando. *O ideal é trabalhar melhor as inseguranças mais profundas, mas as técnicas rápidas funcionam e o resultado desbloqueia o medo. Quem pode se dar ao luxo de perder anos em psicanálise?*

Na mesa ao lado, o debate é sobre o aumento do IPTU este ano. Como Denise agora precisa cuidar das próprias contas, preferia estar atenta à outra conversa. Nessas alturas da vida, não imagina que vá precisar falar em público, Deus a livre disso. Sua tarefa agora é administrar os recursos que ainda não tem certeza se são muitos ou poucos. Ir às reuniões de condomínio, reclamar do governo. Um senhor até então calado captura as atenções revelando que pagou 8 mil reais de imposto. O dobro do valor de quem puxou o assunto e que, portanto, deve morar em um imóvel menor ou em uma rua menos valorizada.

O lema do casal de psicólogos, recém-chegado de um congresso internacional de neurociência, é "Não é fácil, mas não é impossível", e Denise desconfia de que estejam interessados no networking propiciado pelo ambiente do Montana.

***

A manicure tem 18 anos e usa aparelho nos dentes. Embora Denise não se sinta tão à vontade em salões de beleza sofisticados, os espaços exclusivos para mulheres a acalmam, como se houvesse um requisito a menos para cumprir. Uma vez, tomou coragem para perguntar qual o esmalte da cliente ao lado, e ganhou o vidrinho inteiro dela de presente. Já tinha enjoado da cor, veja só.

O salão, no caso do Montana, é pequeno: uma cabeleireira e uma manicure. Ao contrário dos estabelecimentos em Copacabana, as duas funcionárias param de conversar quando ela abre a porta de vidro. Não, ela não quer café nem água, está abarrotada do chá de casca de abacaxi que bebericou o dia todo para aplacar a ansiedade que já sabe ser típica dos muitos dias do jejum disfarçado de dieta.

Ela conseguiu. Não pediu para a nutricionista acrescentar uma proteína, um pedaço de queijo à noite, nada, essa parte ela conseguiu. Quando voltar pra casa dois quilos mais magra (será apenas 1,75 quilo) e encontrar os móveis exatamente como os deixou, precisará reler as anotações e decidir qual foi o saldo real da temporada. Hoje cedo, ainda na cama, recorreu ao caderninho para começar a tarefa e se surpreendeu com uma lista de ingredientes logo na primeira página: *couve, maçã, limão e outro legume (variar). Passar no processador e congelar em forminhas de gelo (dura dois meses). Bater no liquidificador com...*

É a receita (incompleta) de suco verde da hóspede que ela não conseguia parar de observar, e de quem agora se lembra remotamente de se chamar Bernadete. Eis uma conquista da segunda imersão no Montana: esquecer as coisas com facilidade, não *ficar remoendo*, um hábito da infância por causa da *timidez exagerada* (um pouco, tudo bem, especialmente se for menina).

Por exemplo, a bacia de água que agora aquece os seus pés. É mais uma exclusividade do Montana, pois há tempos os serviços de vigilância sanitária proíbem os salões de amolecer as cutículas dessa forma (a água agora é borrifada em cima de chumaços de algodão postos sobre cada unha, ou são colocadas luvinhas plásticas com produtos hidratantes dentro). Mas aqui não há o risco da proliferação de fungos ou bactérias, porque a higiene é impecável, a jovem manicure explica, e Denise não pensava que procedimentos estéticos simples como fazer a unha devessem ser realizados com os devidos cuidados pois podem ocasionar doenças dermatológicas, hepatite B ou mesmo tétano. Não pensava nisso quando tropeçou e virou a bacia, com a água já fria, no quarto da mãe, os pedacinhos de algodão sujos de vermelho se espalhando pelo assoalho de tacos, e a menina era de novo *uma inconsequente* sem saber ao certo o que era inconsequente, sabia apenas que cachorros não possuíam aquele terrível defeito, apesar de também sujarem o chão que a mãe tinha tanto trabalho em limpar, o dinheiro indo todo para aquele colégio caro e não sobrava nada para pagar por uma empregada decente.

Dona Alcina havia se casado muitos anos antes no outeiro da Glória, a festa com bufê servido pela Colombo. Nas fotos, a cauda do vestido formava drapeados perfeitos sobre o assoalho também de tacos, os drapeados se confundiam com os das cortinas numa sala em preto e branco que Denise não chegou a conhecer, porque o avô logo teve que vender a casa no Alto da Boa Vista. O avô não chegou a enriquecer como o esperado, embora tenha dado tempo de a filha mais velha frequentar aulas de francês e piano.

Apesar desses pensamentos, Denise se mantém relaxada, os pés aquecidos enquanto se livra das cutículas e pelezinhas indesejadas nos dedos das mãos. Sim, a manicure pode tirar tudo, *tudo que eu tenho direito*, Denise se ouve improvisando uma piada, e o alicate acumula tantas células mortas que precisa ser limpo a cada instante, os cantinhos da unha ficando lisinhos, uma delícia, as células vivas agora à flor da pele, a uma fração de milímetro de machucar, ficar vermelho, *tirar um bife*.

Os gatos e os outros bichos

Quando Bruno começou a virar o rostinho para acompanhar o vulto de Vicente andando pela sala, Denise pensou em montar um aquário. Ver peixinhos podia distrair seu bebê cabeludo e chorão, como são os meninos. Acalmá-lo. Vicente gostou da ideia, era uma tarefa simples e objetiva, diferente das outras pelas quais acabava sendo criticado.

O aquário durou exatos dois anos: não foi remontado quando se mudaram para o apartamento de quatro quartos no posto 6. Bruno não reparava mais nele, e era sempre Denise quem precisava correr para catar e substituir os peixes que morriam. Além disso, o hábito de levar o bebê berrando para ver os peixes acabou por imprimir ao canto da sala uma aura menos de tranquilidade e mais de lugar de estresse.

Nunca foi de gostar de bichos. Não tinha paciência, e não gostava de ser impaciente. Mesmo assim fez o seu melhor, sempre fazia.

Enquanto resistia aos apelos de Bruno por um cachorro (mal conseguia dar conta da casa e do trabalho na agência), Denise fez passar os anos com um hamster, uma calopsita e um jabuti, nessa ordem. Sempre havia uma morte traumática, mais choro, ou uma morte que ela temia ser traumática para o filho e no fim nem era. Na pré-adolescência, não se falava mais nisso. Nem irmãozinho, nem cachorro.

Já considerava Lena sua amiga nessa época, talvez por ter sido a única a elogiá-la por *não ter se rendido a um cachorro*. Já sua mãe, com frequência, a censurava por não proporcionar "aquele tipo de amor" ao neto. Quando imaginava sua mãe sozinha, na casa da Tijuca, imaginava-a dando – ou não dando – pequenos bocados de sua comida para o cachorro que a fitava embaixo da mesa. Sempre havia uma lógica sobre dar ou negar a comida que não era ração, e dona Alcina sentia-se muito justa nessas horas.

Animais, porém, eram um assunto do passado, por isso o espanto quando Bruno quis "substituir" a gravidez abortada de Úrsula por um par de gatos. *Gato não dá trabalho.* Ele ainda perguntava a opinião dela naqueles dias. Denise pensou no espaço do apartamento do Humaitá, que ficava no térreo. Como se fosse uma casa, tinha uma pequena área interna. Ali ficaria a caixa de areia. Só precisariam telar as janelas externas, para ter certeza de que os bichanos não fugiriam. Denise procurou a empresa das telas, ajudou no que podia, talvez por ter ficado com pena de Úrsula; ou porque, de alguma forma, gatos são melhores do que netos de filhos que, no fundo, ainda são crianças.

Só que o casamento sem gravidez não fez mais sentido, Bruno retomou a ideia do intercâmbio que havia sido adiado, e a passagem para Vancouver seria muito barata no dia 31 de dezembro.

Na noite do Ano-Novo de 2014, com os pés nas areias úmidas pela noite de Copacabana, em vez de se emocionar com a lembrança do filho entrando pelo portão de embarque sem olhar para trás (como a cena da creche, o momento tão temido pelas mães de filho único), Denise se viu atormentada pelo espocar dos fogos. Eles poderiam estar aterrorizando os gatos abandonados, quer dizer, os gatos dos quais agora ela precisava cuidar. Úrsula, que voltara para a casa dos pais sem os gatos, havia batizado um deles de Lennon (o gato bonzinho) e o outro de Terrível.

Nas viradas de ano, Denise costumava se sentir viva e apta. Na multidão de Copacabana, o mais próxima possível do mar, fingia acreditar nos pedidos feitos a Iemanjá, e acabava acreditando. No entanto, naquele Réveillon, só pensava no dia seguinte, no ano seguinte, em como ia ser.

***

Mesmo com o status de esgotada pelo traumático ano de 2013 (demissão, acidente e biópsia, sem falar na gravidez e no aborto da nora que não era nora), mesmo depois da noite não dormida de Réveillon, Denise resolveu ir ao apartamento do Humaitá naquela manhã. Ver os gatos.

Girou a chave, encaixando-a ligeiramente para cima, como se acostumara quando arrumou o imóvel para o casal que, pelo visto, nem era mais casal. Em vez do escuro de dentro invadir o corredor do prédio, como ilogicamente esperava, foi a luz de fora que fez visíveis as paredes pintadas de verde-claro e as prateleiras vazias. Vazias? Lennon se fez presente, no alto. Terrível com certeza não iria aparecer. Um cheiro que ia muito além de urina de gato invadiu suas narinas e fez o espumante da véspera parecer excessivo.

Teve medo de acender o interruptor e foi direto para o quarto, este sim, bem iluminado, graças à janela. Em cima da colcha nova, presente da mãe de Úrsula, um rato estraçalhado começava a se decompor.

Não vou mais lá, Vicente. Denise falou com rispidez e não teve sequer vontade de pedir desculpas.

***

Os gatos fizeram barulho por dias, soube pelo síndico. Além do cheiro e dos miados que pareciam lamento de gente, algo como um vaso havia se espatifado. Para não pensar no apartamento vazio e não brigar com Vicente, que andava muito ocupado, *mas já tinha tudo resolvido* na cabeça, à noite Denise ligava a TV com um pacote de biscoitos na mão. Pelo menos em duas ocasiões pensou no rato na cama, ficou enjoada, vomitou o biscoito e achou bom não ter engordado, pelo menos daquela vez.

(No spa, aqueles episódios poderiam facilmente ser transformados em uma história de bulimia. Mas nunca chegou a enfiar o dedo na garganta.)

As coisas começaram a melhorar aos poucos, especialmente no dia em que Vicente chegou em casa com a ideia do spa. Sim, ele tinha dinheiro, mesmo sendo caro. Sim, ele tinha conseguido capturar os gatos com duas caixas de papelão e deixou-os no parque Lage, onde frequentadores costumam cuidar e dar comida aos bichanos. O apartamento já poderia ser limpo e alugado, mobiliado como estava, quem sabe por temporada. Era só ela encaminhar mais isso, cuidar dessa última tarefa, e depois podia cuidar dela própria, tinha todo o direito de se cuidar, e, de preferência, não comer tanta porcaria nem tomar tanto remédio.

Para Vicente, sem dúvida, a vida era muito mais leve.

***

Se ela não estivesse tão sensível ao assunto, Vicente teria dado detalhes de como precisou fazer armadilhas engenhosas para capturar Terrível. De como foi que, enquanto isso, Lennon foi parar na casa do vizinho, que tentava ajudar e estava com a porta aberta. Mais que isso, o marido teria contado sobre a reação dos animais ao serem libertados no parque Lage, o primeiro contato com a natureza onde, afinal, estão as origens de todos os felinos, e a história de sucesso seria mais uma daquelas repetidas à exaustão sempre que houvesse um casal amigo para jantar (amigos de trabalho dele).

A história dos gatos nunca foi contada de cabo a rabo. Quando Denise soube por Lena que os gatos, havia tempos, estavam proibidos no parque Lage, Vicente mudou sua versão brevemente: na verdade, deixara-os no campo de Santana, no centro da cidade, onde também seriam felizes e alimentados por frequentadores do local, junto com as cutias. Que o parque não abre aos domingos (dia da operação de captura dos gatos) e que é toda cercada por telas para impedir o abandono de animais, isso ela só descobriu oficialmente meses depois, depois da primeira temporada no spa, depois que Bruno já havia sido informado pelos pais, de mãos dadas na tela do computador, sobre a decisão do divórcio.

Página 3

ATA DA ASSEMBLEIA GERAL ORDINÁRIA DO CONDOMÍNIO DO EDIFÍCIO VARANDAS DO HUMAITÁ, CNPJ Nº 06.214.318/0001-21, REALIZADA EM 25 DE FEVEREIRO DE 2014.

Assuntos Gerais – Concluídas a apresentação de contas, a previsão orçamentária e a eleição do novo síndico, sr. José Maria Portela Ferreira (apto. 303), a ordem do dia foi aberta para Assuntos Gerais. Inicialmente, a sra. Eliza (apto. 201) questionou a condição da árvore sem poda defronte à sua unidade, uma vez que está sendo submetida a risco de assaltos. Perguntou ao síndico se as câmeras existentes no condomínio gravam as imagens, sendo respondida que sim. A sra. Denise (apto. 102) apresentou suas desculpas pelos inconvenientes causados por seus gatos durante o mês de janeiro, informou que o imóvel já está totalmente desocupado e foi colocado à venda na corretora parceira desta administradora. Ela agradeceu a todos pelo excelente convívio que se estabeleceu ao longo dos anos. O plenário, da mesma forma, desejou êxito e felicidades à sra. Denise. O sr. Waldyr (apto. 101) aceitou as desculpas da sra. Denise e lamentou o fato de certos moradores usarem seus imóveis desocupados como se o prédio fosse um motel, ocasionando episódios embaraçosos nos corredores. Por fim, o sr. Síndico informou que haverá pintura em razão de infiltrações nas unidades 801, 803 e 101, sem aumento de custo para o condomínio, em razão da supressão total de horas extras do porteiro, de forma absolutamente legal. Nada mais havendo a tratar, foram encerrados os trabalhos pelo sr. Presidente e lavrada a presente ata por mim, Milton Moreira de Sá Jorge, atuando como secretário. Rio de Janeiro, 25 de fevereiro de 2014.

Terceira temporada, maio de 2016

Que ideia maluca a de Lena, reescrever a minha vida. Não contente em achar significados e metáforas naquilo que é líquido e certo, pão, pão, queijo, queijo, dessa vez foi inventar. A terceira temporada no spa, quem diria, será para reler e tentar entender o livro que ela escreveu me usando como protagonista (o rosto da tal Marise é descrito exatamente como o meu).

O Montana sofreu uma reforma parcial. Nada grave, ainda é familiar o suficiente, mas uma hidromassagem foi instalada junto à piscina principal, reduzindo bastante a área do jardim. Antes, aproveitar a hidro era uma regalia dos hóspedes dos chalés máster, agora é mais democrático. De qualquer forma, o lugar fica visível demais, nem vou experimentar, prefiro a piscina coberta.

Na varanda da sede, o assoalho agora é cinza, imitando cimento queimado. A decoração foi modernizada, com grandes sofás brancos forrados por algum tipo de tecido impermeável e, no entanto, bastante agradável ao toque. Almofadões listrados e coloridos contrastam com o branco, assim como o imenso bloco de madeira que serve de mesa de centro.

O ambiente onde acontecem as refeições continua clássico, como tem que ser. Mais do que conhecedora dos rituais das refeições, já sei lidar com essas pessoas, pessoas com quem passei a conviver também fora do spa, agora que não perco tanto tempo cuidando da casa. São pessoas educadas, agradáveis, me interessam e tenho paciência com elas, como tinha com Vicente e Bruno, é uma espécie de dom. Quando quero, consigo me enturmar, pelo menos na aparência, que é o que importa. Não fico sobrando.

Neste ano, todos estão muito empolgados por causa do impeachment da presidente da República. O Brasil vai mudar, dizem. Com o fim da corrupção, a economia vai melhorar. Eu estava na esteira, hoje pela manhã, quando vi a presidente discursar na TV, depois de descer a rampa do palácio. A meu lado, em uma bicicleta ergométrica daquelas desconfortáveis (sem encosto), um senhor magro, que está acompanhando no spa a esposa obesa, bufava de descontentamento toda vez que ela usava a palavra "presidenta" para se referir a si própria. Bufava e balançava a cabeça, e olha que foi ele quem pediu para mudar o canal da TV para o noticiário.

Normalmente os canais escolhidos pelos professores de Educação Física mostram esportes radicais, para animar os frequentadores em seus exercícios bem mais moderados. Comigo faz efeito. É engraçado como o tempo passa quando vejo surfistas ou skatistas fazendo manobras radicais. Acabo queimando muitas calorias, como mostra o visor da esteira. Se eu gastar 120 calorias, por exemplo, em seguida posso comer 20 gramas de chocolate com 70% de cacau, rico em antioxidantes.

Meu preparo físico melhorou muito depois que passei a fazer academia. Frequento pra valer, até aulas de spinning. No salão de beleza, além das unhas, decidi fazer a sobrancelha regularmente. Impressionante o efeito disso. Graças aos olhos perspicazes da minha depiladora, acabei descobrindo outros pelos no rosto (na entrada do nariz!), eu que antigamente nem hidratava as cutículas.

Sinto falta de tomar café com Lena no Leblon, era bom exibir a ela os meus esforços, ter sua atenção. Nisso a gente se parecia: o interesse pelos detalhes que parecem irrelevantes. Não era carinho de verdade, mas não vou ficar remoendo, a gente sabe que não dá para confiar em mulher mesmo.

A distância entre nós foi natural depois do lançamento do livro. Nunca conversamos sobre o que ela escreveu, Lena nunca me perguntou o que achei. Apenas me olhou constrangida quando me viu na fila da livraria. Paramos de convidar uma à outra. Ela postou que agora só precisa plantar uma árvore, porque o livro de poesia dela não contava, era uma bobagem. Este seria o seu "livro de verdade".

Estreio aqui um caderninho novo. Joguei fora as anotações das outras temporadas no dia em que soube que

Vicente e Bruno voltaram a se falar. Tudo direto para a lixeira do prédio, para eu não voltar atrás. Nem todas as vidas (mesmo as anotadas) precisam ser contadas. Esta foi a minha lição, a lição que Lena jamais aprenderia com aquela pretensão de ser especial e fazer diferente, custe o que custar, doa a quem doer.

Depois desta última temporada no spa, vou curtir a maturidade. Retomei os contatos do colégio graças ao Facebook e estou pensando em fazer um curso na Casa do Saber. Alguma coisa na área de literatura.

Meu único arrependimento foi ter contado a Lena sobre o episódio dos gatos, a desconfiança em relação aos bichinhos e como tudo mudou a ponto de chegarmos ao divórcio. Decisão conjunta, amigável, não por traição. Muito menos daquele jeito que ela inventou, um flagrante que nunca aconteceu, a briga entre o filho e o ex-marido por causa da nora. Um conflito de folhetim que nunca aconteceu, só para achar um final para o livro dela. Até o câncer ela transformou em real. Era mais fácil ter se inspirado em outra vida, tanta vida dando sopa por aí.

Já está na hora da hidroginástica, e acho que fiz uma amiga no almoço. Ela se chama Valentina.

8 de janeiro de 2018

Bom dia, sra. Denise! Como vai?

Aqui é Karol, do setor de reservas do Montana SPA – Viva o Seu Momento.

Estive verificando no cadastro do nosso sistema que a senhora esteve conosco neste período um tempo atrás.

Gostaria de lhe informar que estamos com um valor promocional agora no mês de JANEIRO (para estadias a partir de quatro diárias), com ACOMPANHANTE FREE nas estadias duplas ou casal, ou 25% de desconto na tabela individual.

Vamos aproveitar?

Esperamos você em 2018 com muitas novidades e o carinho que você merece. 😊

Mais importante que fazer planos e promessas para 2018, tome uma ATITUDE!!!

Agradecimentos

A João Paulo Vaz, por tudo.

A Alexandre Brandão, Claudia Lage, Juliana Garbayo, Marlene de Lima e Rebeca Liberbaum (ninguém escreve sozinha).

Este livro foi composto na tipografia Minion Pro,
em corpo 12/16, e impresso em
papel off-white no Sistema Cameron da
Divisão Gráfica da Distribuidora Record.